Còir-sgrìobhaidh © 2024 le David Gildea. Gach còir glèidhte. 'S e eadar-theangachadh ùr a tha seo de 'A Christmas Carol' le Charles Dickens agus tha e dìonadh fo laghan còir-sgrìobhaidh. Tha an obair thùsail le Charles Dickens anns a' phoball raon.

Caral na Nollaige

le

Charles Dickens

Series: Scots Gaelic Classics

Chapter 1

TAIBHSE MARLEY

Bha MARLEY marbh: leis a' toiseachadh. Chan eil teagamh sam bith air. Sgriobha clèireach, am cleireach, am fhear-adhlacth, agus am prìomh-phrìomh-cràiteach ainm ar clàr na adhlacaidh. Sgriobh Scrooge e: agus bha ainm Scrooge math air 'Change, airson aon rud a thaghadh e a chur a làimh air. Bha seann Marley cho marbh ri seannail dorais.

Cuir iongnadh! Chan eil mi a' ciallachadh gu bheil fhios agam, às mo eòlas fèin, dè a tha gu sònraichte marbh mun t-sreang phanail. Dh'fhaodadh gu robh mi, fhèin, airson beachdachadh air panail a' chiste mar an pìos iarainn as marbha san malairt. Ach tha glic aig ar sinnsearan sa samhla; agus cha bhi mo làmhan mhì-naomha a' cur dragh air, no tha an Dùthaich air a sgioblachadh. Leigidh sibh leam ath-dhèanamh, gu soilleir, gu robh Marley cho marbh ri panail an dorais.

An robh fios aig Scrooge gu robh e marbh? Gu cinnteach, bha. Ciamar a b' urrainn dha a bhith air an doigh eile? Bha Scrooge 's e na chom-pàirtichean airson chan eil fhios agam cò mheud bliadhna. Scrooge bha e na aon eacarsaiche, aon rianadair, aon neach-a bha a' dìonas, aon neach leasachaidh fuireach, aon charaid, agus aon duine a tha a' caoineadh. Agus fiù 's Scrooge cha robh cho dona leis an tachartas muladach, ach gun robh e na dhuine gnìomhachais sgoinneil air latha fèin a' tiodhlacaidh, agus a' comharrachadh le margaid gun teagamh.

'Thug iomradh an tòrraimh Marley mi air ais gu an t-àite far an robh mi a' toiseachadh. Chan eil teagamh sam bith gun robh Marley marbh. Feumaidh seo a bhith glan soilleir, no cha tig dad iongantach às an sgeulachd a tha mi gu bhith a' innse. Nam biodh sinn gu tur cinnteach gun do dh'fhalbh athair Hamlet mus tòisich an dealbh-chluich, cha bhiodh dad nas iongantaiche anns a' chuairt aige a-muigh air an oidhche, ann an gaoth an ear, air a ramparts fhèin, na bhiodh ann an duine meadhan-aoise sam bith eile a' dol a-mach gu h-obann às dèidh dorchadas ann an àite gaothach - abair ach Cladh Eaglais Naomh Pòl mar eisimpleir- gu buileach gus inntinn lag a mhic a shàr-iongantachadh.

Cha do phèint Scrooge ainm Seann Marley a-riamh. Bha e an sin, bliadhnaichean an dèidh sin, os cionn doras an taigh-stòir: Scrooge agus Marley. Bha an t-sònraichte air ainmeachadh mar Scrooge agus Marley. Uaireannan, bha daoine ùra don ghnìomhachas a' gairm Scrooge Scrooge, agus uaireannan Marley, ach dh'fhreagair e dha an dà ainm. Bha e uile mar aon dha.

Oh! Ach bha e na làmh shaor-thaingeil aig an chlach-mhaoil, Scrooge! a' sìor-ghiùlan, a' sìor-strì, a' sìor-ghlacadh, a' sìor-sgòrachadh, a' sìor-thogail, a' seanabhaisteach mì-thròcairich! Crua agus geur mar an flint, bho nach do bhuail-eadh steel riamh teine farsaing; dìomhair, agus fèin-thaobhach, agus uaigneach mar an oisear. Thug an fhuachd a-staigh ann e na gnèithean seana, bhris i a shròn bheag, shruthl i a leac, stiùir i a ghad; dhèan i a shùilean dearg, a bheul tiugha gorm; agus thug i iomradh gu cuireachdach ann a ghuth ghroch. Bha oidhre bhochd air a cheann, agus air a bhruach-shùil, agus air a shròn wbackup. Thug e a theas-bhrosnachaigheil ìosal fhèin mun cuairt leis an-còmhnaidh; reothaich e a oifis sa mhadainn-theine; agus cha do leag e e o thus gu deireadh aig an Nollaig.

Bha beag buaidh aig teothachd agus fuachd a-muigh air Scrooge. Cha b' urrainn dha blàths sam bith a bhlas-fhàgail, cha deachaidh an aimsir geamhraidh a chuir fo shiùrsadh. Cha robh gaoth sam bith a sheideadh a bha nas searbh na esan, cha robh an t-sneachd a' tuiteam nas dìcheallach san adhbhar aice, cha robh an t-uisge a' bualadh nas lugha fosgailte do ùrnaigh. Cha robh a fhios aig an droch shìde cà a bhiodh e. Cha robh aon seo mar bhuannachd aig an t-uisge a bha nas trom, an t-sneachd, an t-sealladh agus an reothadh seach air. Bha iad tric a' tighinn sìos gu snasail, agus cha do rinn Scrooge riamh.

Cha do stadaich duine sam bith e air an t-sràid a ràdh le gnùisean sona, "A charaid Scrooge, ciamar a tha thu? Cuin a thig thu gus fhaicinn mi?" Cha do iarr luchd-ionnsachaidh air beagan a thoirt seachad, cha do dh'fhaighnich clann dha dè an uair a bh' ann, cha do fhaighnich duine no bhean riamh aon uair san t-saoghal aige an rathad gu àite sam bith, bho Scrooge. Fhèin dh'fhaicsinn na coin dhealbh na daoine dall e; agus nuair a chunnaic iad e a' tighinn, bhiodh iad a' tarraing an luchd-seilbh a-steach dhan dhoirsean agus suas cùirtean; agus an uairsin bhiodh iad a' crathadh nan earball mar gun robh iad ag ràdh, "Chan eil sùil idir nas fheàrr na sùil olc, maighstir dorcha!"

Ach dè b' abhaist do Scrooge a bhith ag iarraidh! Sin an rud a bh' air a chòrdadh ris. Gus a shlighe a dhèanamh tro shlitean loma-làn an t-saoghail, ag ràdh ri gach truas a bhith a' cumail falbh, bha sin a' ciallachadh "cnatan" do Scrooge,

Aon uair de thìde de na làithean matha uile anns a' bhliadhna, air Oidhche Nollaig bha Scrooge sean a' suidhe trang anns a' chuntas dha fhèin. Bha e fuar, garbh, fùagail an t-aimsir: ceòthach cuideachd: agus dh'fhaodadh e cluinntinn na daoine anns a' chùirt a-muigh, a' ghabhail anàil suas is sìos, a' bualadh an lùgha orra fhèin, agus a' bualadh an casan orra air clachan na sràide gus an teòthachadh iad. Cha robh uairean a' chlòidh anns a' bhaile ach dìreach air falbh aig trì, ach bha e dorcha gu leòr mu thràth - cha robh e soilleir fad an latha agus bha coinnle a' lasadh ann an uinneagan nan oifisean faisg air, mar smùdan dearg air an adhar donn soillear. Thàinig an ceò a-steach aig gach beàrn agus toll-ìuchrach, agus bha e cho tìorail a-muigh, nach robh na taighean mu aghaidh ach taibhsean lom. A' faicinn an sgòth dubh a' tighinn a-nuas, a' falaicheachd gach rud, dh'fhaodadh duine a bhi a' smaoineachadh gun robh Nàdur a' fuireach faisg air, agus a' bruich air scàla mòr.

Bha doras countinghouse Scrooge fosgailte gus am faic e a chlèireach, a bha ann an cill dubhach beag air falbh, seòrsa de thang, a' dèanamh lethbhreaca dhe litrichean. Bha teine glè bheag aig Scrooge, ach bha teine a' chlèireach cho beag 's gu robh coltas gu robh e coltach ri aon gual. Ach cha b' urrainn dha a bharrachdachadh, oir bha Scrooge a 'cumail a' bhogsa guail ann an seòmar fhèin; agus mar sin cho cinnteach 's a thàinig a' chlèireach a-steach leis an t-sabhail, ro-innsich màighstir gu robh e riatanach dhaibh scaradh. An dèidh sin chuir a' chruth air comforter geal, agus dh'fheuch e a 'blàthsachadh fhèin aig an coinneal; san oidhirp sin, nach robh e na dhùine le mòran d' dhealbhachadh, dh'fhàilich e.

"Nollaig chridheil, uncail! Dia gad shàbhaladh!" ghlaodh guth sòlasach. B' e guth nighean-bhràthair Scrooge a bh' ann, a thàinig air cho luath 's gun robh seo na chiad sanas a bh' aige dha tighinn.

"Bah!" thuirt Scrooge, "Humbug!"

Bha e air a dhèanamh cho teth le coiseachd luath anns a' cheò agus reòthadh, an nì seo de nì Seanair Scrooge, gus an robh e uile ann an loisgreadh; bha a aghaidh dearg agus àlainn; bha a shùilean a' dearrsadh, agus bha a anail a' smaladh a-rithist.

"Nollaig na bleige, uncail!" thuirt neach-dìleibh Scrooge. "Chan eil thu a' ciallachadh sin, tha mi cinnteach?"

"Tha mi," thuirt Scrooge. "Nollaig chridheil! Dè còir a th' agad air a bhith sunndach? Dè adhbhar a th' agad air a bhith sunndach? Tha thu gu leòr bochd."

"Thig, an uairsin," thill an nì-eiginn le aoibhneas. "Dè còir a th' agad a bhith dubhach? Dè adhbhar a th' agad a bhith gruamach? Tha thu gu leòr beartach"

A' faighinn gun freagairt nas fheàrr deiseil air an t-spor, thuirt Scrooge, "Bah!" a-rithist; agus lean e air le "Humbug"

"Na bi crosta, uncail!" thuirt an nìfhleasgaig.

"Dè eile a dh'fhaodadh mi a bhith," thill an uncail, "nuair a tha mi a' fuireach ann an saoghal leithid seo de dh'amaidean? Nollaig Chridheil! A-mach air Nollaig Chridheil! Dè tha àm na Nollaige dhut ach àm airson billethan a phàigheadh gun airgead; àm airson faighinn a-mach gu bheil thu bliadhna nas sine, ach chan eil tu nas beartaiche aon uair; àm airson do leabhraichean a chothromachadh agus gach nì ann annta tro cheud is dà mhìos air an taisbeanadh marbh an aghaidh thu? Mura bhiodh e nar n-eòlais," thuirt Scrooge le masladh, "bu chòir gach amaidean a tha a' dol mun cuairt le 'Nollaig Chridheil' air a bheul, a bhith ga boilg leis a phudantan fhèin, agus ga adhlacadh le staid de chraobh cuilinn troimhe a chridhe. Bu chòir dha!"

"Uncle!" dh' iarr an nìghneach.

"Mac-bhràthair!" fhreagair a' bhàrd gu cruaidh, "cum Nollaig san dòigh agad fhèin, agus leig dhomh a chumail san dòigh agam fhèin."

"Cum e!" ath-dhùisg mac-bhràthar Scrooge. "Ach chan eil thu ga chumail"

"Leig leam a bhith na aonar, an uairsin," thuirt Scrooge. "Is math dhut a dhèanamh! Is math a tha e riamh a 'dèanamh dhut!"

"Tha iomadh rud ann bhon an robh mi a' faotainn math, nach eil mi air buannachd a ghabhail dheth, tha mi a' gabhail ris," fhreagair an nìod. "An Nollaig am measg an còrr. Ach tha mi cinnteach gu bheil mi a-riamh air smaoineachadh air àm na Nollaig, nuair a tha e a' tighinn mun cuairt, air falbh bho na tha a' tuittean ri a h-ainm is a tùs naomh, ma tha rud sam bith na bhuanaigeas dheth a' tighinn air falbh bho sin mar ùine mhath; ùine chaoimh, mhaitheil, charthannach, taitneach; an aon ùine a tha mi eòlach air, san fhada làithean a' bhliadhna, nuair a tha fir is mnathan a' co-aontachadh le aon toil a fosgladh cridhean a tha dùinte gu farsaing, agus a smaoineachadh air daoine a tha air an ìsle mar gum biodh iad gu dearbh na compàirtichean don uaigh, agus nach e cinneadh eile de chreatlach a tha air an ceangal air turais eile. Agus mar sin, a bhràthair mo mhàthar, ged nach eil e a-riamh air spaig de òr no airgead a chur anns a' phoca agam, tha mi a' creidsinn gu robh e na bhuannachd dhomh, agus gum bi e na bhuannachd dhomh; agus their mi, Dia beannaich e!"

Dh' aplòdaich a' chlèireach san Tanc involuntarily. A' faireachdainn an taobh thall a' mhisuirt gun dàil, bhuail e an teine, agus mhuilich e an lasair bhochd mu dheireadh gu bràth.

"Leig dhomh cluinntinn fuaim eile bhuat," thuirt Scrooge, "agus cumaidh thu do Nollaig le do shuidheachadh a chall! 'S math a th' annad mar neach-labhairt, a mhoirear," thuirt e, a' cuairteachadh ri a n-ianair. "Tha mi air mo dhìchill gun dèan thu a dhol a-steach don Phàrlamaid"

"Na bi feargach, uncail, Thig! Bi cuide rinn a-màireach anns an dìnnear"

Thuirt Scrooge gum faicheadh e e, tha gu dearbh, rinn e. Chaidh e tro mhìle dhen abairt, agus thuirt e gum faicheadh e e anns an an ceann seo an toiseach.

"Ach carson?" ghlaodh mac-bhràthair Scrooge. "Carson?"

"Carson a phòs thu?" thuirt Scrooge.

"Air sgàth gun do thuit mi ann an gaol"

"Oir thuit thu ann an gaol!" ghabh Scrooge le gruaim, mar gum biodh sin an aon rud sa t-saoghal nas aithrise na Nollaig ghaireach. "Madainn mhath!"

"Chan eil, aoncair, ach cha do thàinig thu a dh'fhaicinn mi ro dhuibh sin tachairt. Carson a thoirt seachad mar adhbhar airson nach tig thu a-nis?"

"Feasgar math," thuirt Scrooge.

"Chan eil mi ag iarraidh dad bhuat; chan eil mi a' faighneachd dad bhuat; carson nach urrainn dhuinn a bhith na càirdean?"

"Feasgar math," thuirt Scrooge.

"Tha mi duilich, le mo chridhe uile, gu lorg mi thu cho daingeann. Cha deach againn ri streap sam bith, far an robh mi pàirt de. Ach rinn mi an deuchainn mar urram do Nollaig, agus cumaidh mi mo chuideachadh Nollaig gu deireadhth. Mar sin, Nollaig Chridheil, uncail!"

"Madainn mhath!" thuirt Scrooge.

"Agus Bliadhna Mhath Ùr!"

"Madainn mhath!" thuirt Scrooge.

Fhàg a nìomhaid an seòmar gun facal feargach, a dh'aindeoin sin. Stad e aig an doras a-muigh gus beannachdan na ràithe a thoirt don chlàr-ni, a bha, cho fuar 's a bha e, nas blàithe na Scrooge; oir thill e iad gu càirdeil.

"Tha fear eile ann," mugaich Scrooge; a chuala e: "mo chlèireach, le cuig fhichead sgiollag sa t-seachdain, agus bean agus teaghlach, a' bruidhinn mu Nollaig mherry. Tiormaichidh mi gu Bedlam"

Bha an t-amadair seo, le bhith a' leigeil a-mach neachd-nighean Scrooge, air an dà dhuine eile a leigeil a-steach. Bha iad na gillean measail, toilichte ri fhaicinn, agus a-nis sheas iad, leis an adan dhiubh, ann an oifis Scrooge. Bha leabhraichean agus pàipearan aca anns na làmhan aca, agus fhuair iad bualadh donaidh dhà.

"Scrooge agus Marley's, tha mi a 'creidsinn," thuirt fear de na h-uaislean, a' toirt iomradh air a liosta. "A bheil mi a 'bruidhinn ri Mr. Scrooge, no Mr. Marley?"

"Tha Mgr Marley air bhith marbh fad seachd bliadhna," fhreagair Scrooge. "Bha e marbh seachd bliadhna air ais, an oidhche seo fhèin"

"Chan eil teagamh sam bith againn gu bheil a fhialaidheachd air a riochdachadh gu math leis a' phàirtiche beò aige," thuirt am fear, a' toirt seachad a chuid teisteanasan.

'S cinnte a bh' ann; oir bha iad na dà spiorad gaolach. Aig an fhacal gruamach "liberality," rinn Scrooge corr, agus chruinn e a cheann, agus thug e na teisteanasan air ais.

"Aig an àm seo de na fèisean, Mr. Scrooge," thuirt am gentleman, 's e toirt suidhe peans, "tha e nas mòtha na bu tric a tha sinn a 'miannachadh gun déan sinn beagan uidheamachd airson na Bochdainn agus na daoine gan lorg, a tha fo iomadh cràdh san àm seo. Tha na mìltean ann nach eil ag iarraidh rudan cumanta; tha ceudan de mhìltean ann a tha ann an tìoraidh air cofhurtachdan cumanta, a charaid"

"Nach eil prìosanan ann?" dh'fhaighnich Scrooge.

"Làn de phrìosanan," thuirt an duine, a' cur a' pheann sìos a-rithist.

"Agus na taighean-obrach Aonaidh?" dh'iarr Scrooge. "A bheil iad fhathast a 'ruith?"

"Tha iad, fhathast," fhreagair an duine uasal, "bu toigh leam gum faodadh mi ràdh nach eil iad"

"Tha an Treadmill agus an Lagh Bochd gu làn neart, an uairsin?" thuirt Scrooge.

"Da-rìribh trang, a mhòrachair"

"Ò! Bha eagal orm, bho na thuirt thu an toiseach, gu robh rud air tachairt gus cur stad orra ann an slighe feumail," thuirt Scrooge. "Tha mi gu math toilichte cluinntinn e."

"Fo an tuigse nach deòn iad misneachd Chrìosdaidh do inntinn no do chorp a' mhòr-chuid," thill an duine, "tha grunn againn a' feuchainn ri cudrom a thogail gus beathachadh agus deoch a cheannach airson na Bochdain, agus dòighean teas. Tha sinn a' taghadh an àm seo, oir is e an àm, às gach àm, nuair a tha Miann air a faireachdainn gu geur, agus tha Faltachd a' gairdeachadh. Dè bu chòir dhomh a chur sìos dhuibh?"

"Chan eil dad!" fhreagair Scrooge.

"A bheil thu ag iarraidh a bhith gun ainm?"

"Tha mi ag iarraidh a bhith leam fhìn," thuirt Scrooge. "O'n a tha sibh a' faighneachd dhomh dè tha mi ag iarraidh, a h-uile duine, sin an freagairt agam. Chan eil mi a' dèanamh soirbheachais dhomh fhèin aig an Nollaig agus chan eil mi comasach air soirbheachais a dhèanamh do dhaoine led thìde. Tha mi a' cuideachadh a chumadh na stèidhean a tha mi air a luaidh iad a' cosg gu leòr; agus feumaidh iadsan a tha gu dona air falbh a dhol an sin"

"Tha mòran nach urrainn dhaibh dol an sin; agus bu toil le mòran bàsachadh na."

"Ma bhiodh iad na bu toilichte a bhàsachadh," thuirt Scrooge, "bu chòir dhaibh a dhèanamh, agus luchd-fuasglaidh a' phoblaich a lughdachadh. A bharrachd air sin, gabh mo leisgeul, chan eil fhios agam e."

"Ach dh'fhaodadh tu fios a bhith agad air," thuirt an duine uasal.

"Chan eil e na ghnothach agam," fhreagair Scrooge. "Tha gu leòr ann do dhuine gus a ghnothach fhèin a thuigsinn, agus nach eil a' cur a-steach do ghnìomhachasan daoine eile. Tha mine a' gabhail dhomh gu cunbhalach. Feasgar math, a h-uile duine!"

A' faicinn gu soilleir nach robh e feumail an point aca a leantainn, dh'fhalbh na h-uaislean. Thòisich Scrooge air a chuid obrach a-rithist le beachd nas aoibhniche air fhèin, agus ann an cridhealas a b' àbhaistiche leis na bha e.

Eadar-ama, thàinig a' cheò agus an dorchadas a cho mòr 's gu robh daoine a' ruith mun cuairt le lòchrain a' lasadh, a' tairgsinn an seirbheisean gus a dhol roimh eachaibh ann am carbadan, agus gan stiùireadh air an slighe.

Dh'fhalbh an tùr sheanail dhen eaglais, far robh an sean chlach-mheur grogach a' coimhead a-nuas air Scrooge gu diùmain à uinneag Gothic san bhalla, agus bha e a' bualadh nan uairean agus na ceathramaichean sna sgothan, le crithinnichean a bh' air an lèineachadh às dèidh an sin mar gu robh a fhiaclan a' crathadh ann am a ceann reòthta shuas. Thàinig an fuachd a cho trom. Ann an prìomh shràid, aig cùinne na cùirte, bha luchd-obrach a' sgrìobhadh na pìoban-gàis, agus chuir iad teine mòr air losgadh ann am brasair, mu chuairt a bha buidheann de dhaoine agus bhalachan a' cruinneachadh: ag èirigh am làmhan agus a' deònamh an suilean roimh ghealadh na teine ann an aoibhneas. Leis an plug uisge a' fàgail ann an uaigneas, thallaich a rèiteachadh gu duilich, agus chruthaich e deighe ris an t-uisge. Bha soilleireachd nan bùthan far an robh frighean cuilein agus caorainn a' screadadh ann an teas na lampa san uinneagan, a' dèanamh aodainn bàn ruadh nuair a chaidh iad seachad. Dh'atharraich malairt nam poulterers agus nam grocers gu fealla-dhà: sealladh mòr-bhaile, nach robh e mathaid gu robh a leithid de phrionnsapalan tìoraidh mar mhalairt agus reic aig a bheil càil ri dhèanamh ris. Thug Am Prìomh-Mhaor, ann an dùn an Taigh Mhòr mìorbhaileach, òrdughan do dh'fhichead còcairean agus butlairean gus Nollaig a chumail mar bu chòir do theaghlach Prìomh-Mhaor; agus fiù 's am fidhlear beag, a chuir e cèist air leth-tus air an Luan roimhe airson a bhith air a dhìol agus a' dèanamh fuilteachas san t-sràid, bha e a' brosnachadh marag an latha a-màireach ann an a ghàradh, aig an àm a bha a bhean thana agus an leanabh a' dol a-mach gus an mart a cheannach.

Foggier fhathast, agus nas fhuaire. Geur, sgrùdaidh, fuachd a' biteadh. Nam biodh Naomh Dunstan math ach greim a dheanamh air sròn an Spioraid Mheallta le beagan de shìde mar sin, seach a' cleachdadh a' mhòr-chuid a' gheataichean aige, an uairsin gu dearbh gun robh e a' ròran gu h-èifeachdach. Thug sealbhair aon sròn òig ghoirid, a dh'fhaodadh agus a bhriogais leis an fhuachd acrach mar a bhios cnàmhan a' dh'fhaoiteadh le cù, sìos aig toll-èochd Scrooge chun e dha curas a thoirt le carol na Nollaig: ach aig a' chiad fhuaim de

"Dia beannaich thu, duine gairdeach! Gun cuir dad ort an eagla!"

Ghabh Scrooge am prìomh-chlàr le cothrom ann an gnìomh, gun do theich an seinneadair ann an eagal, a' fàgail an lubaich don cheò agus don reothadh a bh' aig a bheil tuilleadh cofhurtaildh.

Mu dheireadh thall, thàinig an uair airson an oifis-àireamh a dhùnadh. Le droch-rùn, dh'fhalbh Scrooge bho a stòl, agus ghabh e ris a' ghèilleadh gun fhacal ris an clerach an sàs anns an Tank, a bh' ag sùisteadh gu làithreach a' choinneal aige, agus a' cur air a h-èideadh.

"Bu toil leat an latha gu léir a-màireach, tha mi a 'smaoineachadh?" thuirt Scrooge.

"Ma tha e gu math freagarrach, sir"

"Chan eil e freagarrach," thuirt Scrooge, "agus chan eil e cothromach. Nam b' e gun stadainn leath-coróin airson, bhiodh tu a 'smaoineachadh gu robh do mhì-ùsaid, bidh mi 'rùn?"

Dh'fheum an clèireach gu h-ìosal.

"Ach fhathast," thuirt Scrooge, "chan eil thu a' smaointinn gu bheil mi air mo mì-chleachdadh, nuair a pheileas mi tuarastal latha airson obair sam bith"

Thug an clèireach fa-near gum biodh e a-mhàin aon uair sa bhliadhna.

"Tha e na leisgeul bochd airson pòcaid duine a ghiùlain gach còigeamh latha den Dùbhlachd!" thuirt Scrooge, a' putadh a mhòr-chòta gu crìdhe. "Ach tha mi a' smaoineachadh gu bheil feum agad air an latha gu lèir. Bi an seo nas tràtha madainn a-màireach"

Gheall an clèireach gu bheil e; agus dh'fhalbh Scrooge le gearan. Dhùin an oifis ann an blas, agus an clèireach, le ceannan fada de a chomforter bàn a' sìneadh fon a mheuran (o nach robh còta mòr aige), shìos slide air Cornhill, aig ceann rathad de bhalachan, fichead uair, an urram dha a bhith Oidhche Nollaig, agus an uair sin ruith e dhachaigh gu Camden Town cho luath 's a b' urrainn dha, gus cluich aig blindman'sbuff.

Ghabh Scrooge a dhìnnear gruamach aig an taigh-òsta gruamach mar as àbhaist dha; agus an dèidh dha na na páipearan-naidheachd uile a leughadh, agus an còrr den oidhche a chur seachad le leabhar a bhanca, chaidh e dhachaidh gus cadal. Bha e a' fuireach ann an seòmraichean a bha aon uair ann an seilbh a chom-pàirtiche dhìe. Bha iad na sreath dhorcha de sheòmraichean, ann an togalach mòr gruamach a' sìneadh suas air tunna, far nach robh iad idir feumach, 's ann am biadh air cuideigin smaoineachadh gu robh iad ri teicheadh an sin nuair a bha iad òg, a' cluiche falach-féachainn le taighean eile, agus di-chuimhnich an t-slighe a-mach a-rithist. Bha e gu leòr sean a-nis, agus gu leòr gruamach, oir cha robh duine sam bith a' fuireach ann ach Scrooge, bha na seòmraichean eile uile air an lorg mar oifisean. Bha an tunna cho dorcha is gu bheil Scrooge, a bha eoòlach air gach clach, feumach air a làmhan a chleachdadh gus piobadh. Bha an ceò agus an reòthadh cho teannta timcheall geata dubh seann an taigh, 's ann mar gu robh Genius na h-Aimsire a' suidhe ann an smuaineachadh brònach air a' dorus.

A-nis, 's e fìrinn a th' ann, nach robh rud sam bith sònraichte mu dheidhinn a' bhualadair air an doras, a-mach à sgoth gu robh e mòr gu tric. Tha e cuideachd na fhìrinn gur e a bha a' faicinn e, oidhche agus madainn, fad a bheatha anns an àite sin; cuideachd gur e a bha aig Scrooge cho beagan den rud a thèid ainmeachadh mar smuainteas 'sam bith anns baile London, a' gabhail a-steach an sgioba bhrònaig, na pathranan-cè, agus na h-iomlan. Cuimhnichibh cuideachd nach robh Scrooge air smaoineachadh mu Marley, bho a thug e iomradh air a chom-pàirtiche a bha marbh airson seachd bliadhna an dèidh sealladh. Agus an uair sin geall leis a h-uile duine a thuigsinn dhomh, mur urrainn dha, ciamar a thachair e gu robh Scrooge, leis an iuchair aige anns a' ghlas na dorais, a' faicinn anns a' bhualadair, gun a bhith a' dol a dh'idir-eòlas sam bith ro nàdarra nach e bualadair, ach aghaidh Marley.

Aodann Marley. Cha robh e ann an dorchadas doghreimte mar a bha na nithean eile sa gharraidh, ach bha solas uamhasach mu timcheall air, mar spùinnead droch an dorch-dùil. Cha robh e feargach no fiadhaich, ach bha e a' coimhead air Scrooge mar a bhiodh Marley a' coimhead: le speuclairean taibhseil air a thoirt suas air a bhroinn taibhseil. Bha a' ghruag air a stiùireadh gu h-iongantach, mar le anail no aer teth; agus, ged a bha na sùilean fosgailte gu leòr, bha iad glan gun ghluasad. Sin, agus a dath liobhta, rinn e uabhasach; ach bha coltas gu robh a uabhas ann an aird neo-dhèanta a' bhuidhne agus seach a smachd, seach mar phàirt dhen t-samhladh fhèin.

Nuair a bha Scrooge a' coimhead gu dionach air an t-sealladh seo, bha e na bhuailtear a-rithist.

Ma bhiodh tu ag ràdh nach robh e air a ghabhail às a dèidh, no nach robh a fhuil mothachail ri faireachdainn uamhasach nach robh e eòlach air bho na bha e na phàiste, bhiodh sin mi-fhìor. Ach chuir e a làmh air an iuchair a bha e air a leigeil dheth, thionndaidh e gu daingeil, choisich e a-staigh, agus las e a choinneal.

Stad e, le mì-fhiosrachadh aon mhionaid, mus dùin e an doras; agus sheall e gu faiceallach air a chùlaibh an toiseach, mar gu bheil e a' dùil gu bhith eagalach le sealladh sgiath Marley a' streapadh a-mach don halla. Ach cha robh rud sam bith air cùl an dorais, ach na screwaidhean agus na cnuatan a chum an cnagair air, mar sin thuirt e "Pooh, pooh!" agus dùin e le glacadh.

Bha an fuaim a' freagairt troimh an taigh mar thàirnean. Bha coltas ann gu robh gach seòmar os cionn, agus gach bocsa ann an tànaidhean a' bhan-tràid an deoch-làidir gu h-ìosal, air a bhith le fuaim freagairt aige fhèin. Cha robh Scrooge na duine a bhiodh eagal roimh fhreagairt. Dhùna e an doras, agus shiubhail e troimh an halla, agus suas na staighrean; gu mall cuideachd: a' dèanamh crìochnachadh air a choinneal fhad 's a bha e a' dol.

Faodaidh tu bruidhinn gu h-aimigin mu dheidhinn a' stiùireadh coachandsix suas criathar de staighrean màth sean, no tro Achd Pàrlamaid droch òg; ach tha mi a' ciallachadh gu bheil thu air còigsear a thogail suas na staighrean sin, agus a ghabhail leathan, leis an splinterbar ri taobh a' bhalla agus an doras ri taobh na balastraid: agus rinn e sin gu furasta. Bha gu leòr de leud airson sin, agus àite gu leòr a dh'fhalbh; 's dòcha gur e an t-adhbhar sin carson a bha Scrooge a' smaoineachadh gu bheil e a' faicinn còigsear locomotive a' dol roimhe anns an dorchadas. Cha robh leth-cheud de ghais-lampaichean a-mach àn sràid air an rathad a' soilleireachadh gu math, mar sin 's dòcha gur e bha e gu math dorcha le dip Scrooge.

Chaidh Scrooge suas, gun spèis sam bith airson sin. Tha dorchadas saor, agus bha Scrooge ga thoirt còir. Ach mus do dhùin e a dhòras trom, chaidh e tro na seòmraichean aige gus faicinn gu robh gach rud ceart. Bha dìreach gu leòr cuimhne aige air an aghaidh gus an dòchas sin a dhèanamh.

Seòmar-suidhe, seòmar-cadail, seòmar-stòrais. Uile mar bu chòir a bhith. Duine sam bith fon bhòrd, duine sam bith fon t-sofa; teine beag anns a' ghraite; spàin agus basan deiseil; agus am poca bheag de gruamach (bha fuachd ann an ceann Scrooge) air a' chraobh. Duine sam bith fon leabaidh; duine sam bith anns a' chloiseag; duine sam bith ann a dhèideag, a bha air a chrochadh suas ann an comas laghairt an aghaidh a' bhalla. Seòmar-stòrais mar is àbhaist. Fireguard sean, brò29gan seann, dà bhogsa èisg, stanan-nigheadaireachd air trì casan, agus poca.

Gu math sàsaichte, dhùin e a dhoras, agus ghlas e e fhèin a-staigh; dhùbl-ghlas e e fhèin a-staigh, nach robh na dh'àbhar cleachdaidh dha. Mar sin air a dìonadh an aghaidh iongnadh, thug e dheth a chravat; chuir e air a ghown bathair agus a shlipan, agus a caip chadal; agus shuidh e sìos mu choinneamh na teine gus a ghrùth fhaighinn.

Bha e na teine iongantach ìosal a-rithist; cha robh rud sam bith air oidhche cho cruaidh. Bha e air a bhith a 'fuireachdladh dlùth dha, agus a' smaoineachadh air, mus robh e comasach an t-sìol de theodhachd a thoirt a-mach às. Bha an teine mòr na sheann fhear, a thogail le cuid de mhalairtichean Duitseach fada fhada air ais, agus leacan a 'pointeal timchioll air fad le teilean Duitseach àlainn, a dh'fheumadh na Sgrioptuirean a mhìneachadh. Bha there ann Cainean agus Abels, nigheanan Pharoh; Bhanrighinn Sheba, teachdairean aingeil a 'tuiteam sìos troimh an adhair air sgeapan cumhaig mar leabaid, Ebrahams, Belshazzars, Apòstalan a' dol dh'iomairt air muir ann am bàtaichean-ìm, ceudan de dh'fhigearan airson a smaoinean a thoirt an aire; agus fadh às a sin bha a gnùis Marley, seachd bliadhna marbh, a 'tighinn mar barrachd an fàidh sean, agus a' glanadh suas an t-iomlan. Ma bhiodh gach leac mìn air a bhith na bhlank aig an toiseach, le cumas cruth a thoirt gu dealbh air a h-àrd-bhàrr bhon phìosan neo-cheangailte de na smuaintean aige, bhiodh lethbhreac de cheann seann Marley air gach fear.

"Cobhrag!" thuirt Scrooge; agus shiubhail e tarsainn an t-seòmair.

An dèidh grunn thionndaidhean, shuidh e sìos a-rithist. Nuair a chuir e a cheann air ais anns a' chathair, thachair do a shealladh air clag, clag nach robh ga cleachdadh tuilleadh, a bha crochta sa sheòmar, agus a bha a 'coimhead le dòigh aig an àm airson adhbhar a-nis air chall le seòmar air a' mhullach den togalach. Le iongantas mòr, agus le eagal aon-ghnìomhach, a thachair air , mar a sheall e, chunnaic e an clag seo a 'tòiseachadh a' crathadh. Bha e a 'crathadh cho sàmhach aig an toiseach gun do dh'fhàg e fuaim beag; ach dh'fhosgail e gu làidir gu luath, agus mar sin rinn gach clag anns an taigh.

Dh'fhaodadh seo a mhaireadh leth mionaid, no mionaid, ach chòrd e mar uair a thìde. Stad na clogaidhean mar a thòisich iad, còmhla. Chaidh iad a leantainn le fuaim bhioranach, gu h-ìosal sìos; mar gum biodh duine a' tarraing slaodach trom thairis air na bocsaichean ann an taigh-stòir a' dhuine-fiùghaint. Thug Scrooge an uair sin an aire gu robh e air cluinntinn gu robh taibhsean ann an taighean-taibhsean air an cur an cèill mar a' tarraing slaodach.

Dh'fhosgail an doras taigh-na-cùil le fuaim mòr, agus an uair sin chuala e an torann gu mòr nas làidire, air na h-ùrlaran gu h-ìosal; an uairsin a' tighinn suas na staighrean; an uairsin a' tighinn dìreach air a shlighe chun an doras.

"Tha e 'na humbug fhathast!" thuirt Scrooge. "Cha chreid mi e"

Dh'atharraich a dath, ge-tà, nuair a thàinig e a-steach gun stad tron doras trom, agus chaidh e a-steach don seòmar ro na sùilean. Nuair a thàinig e a-steach, leum an lasair a bha a' fàs nas lugha suas, mar gum biodh e ag ràdh, "Tha mi eòlach air; Taibhse Marley!" agus thuit e a-rithist.

An aon aghaidh: dìreach an aon aghaidh. Marley leis an ìne ghruige aige, èideadh gnàthach, tèightean agus bòtainn; raopeanan air an dara fear a' prìomhadh, mar a bha a' ìne ghruige agus na h-iasadan aige, agus am falt air a chionn. Bha an slabhraidh a bha e a' tarraing air a chas eadar mu mheòrachan. Bha e fada, agus air a chumail mu timcheall air mar shàbh; agus bha e air a dhèanamh (o chionn 's gun robh Scrooge ga fhaicinn gu dlùth) de bhoscaichean airgid, iuchraichean, glais, leabhraichean-choinn, sgrìobhainnean, agus sparain mhòra èirichte ann an stàilinn. Bha a chorp soilleir; mar sin, 's e Scrooge a' faicinn e, agus a' coimhead tro na èideadh, còin fhaca e na dà phutan air a chasog air cùlaibh.

Bha Scrooge air èisteachd gu tric gun robh aon intestines aig Marley, ach cha do chreid e e gus an-dràsta.

Chan eil, agus cha do chreid e fhathast e. Ged a bha e a' coimhead an taibhse fad 's fad, agus a' faicinn a' seasamh roimhe; ged a bha e a' faireachdainn fuachd na sùilean bàis; agus a' sùil ris an dreach fhèin den cearc fhaldadh ceangailte mun a cheann agus a ghàirdean, an t-siabann nach robh e air a thuigsinn roimhe; bha e fhathast neo-chreidsinn, agus a' sabaid an aghaidh an ciall aige.

"Ciamar a tha thu a-nis!" thuirt Scrooge, teòrrach agus fuar mar a b' àbhaist. "Dè tha thu ag iarraidh orm?"

"Mòran!" guth Marley, gun teagamh sam bith mu dheidhinn.

"Cò tha thu?"

"Fiafraich dhìom cò bha mi"

"Cò bha thu an uairsin?" thuirt Scrooge, a' àrdachadh a guth. "Tha thu sònraichte, airson sgal." Bha e a' dol ri ràdh "do sgal," ach chuir e seo an àite, mar a b' iomchaidhe.

"Ann an beatha bha mi na com-pàirtiche agad, Jacob Marley"

"An urrainn dhut suidhe sìos?" dh'fhaighnich Scrooge, a' coimhead gu teagmhasach air.

"'S urrainn dhomh"

"Dèan e, an uairsin"

Dh'fhaighnich Scrooge an ceist, oir cha robh e a' fios aige an robh taibhse cho trèanaichte 'ga chomas air cathair a ghabhail; agus mhothaich e gum faodadh e an tachartas a bhith neo-chomasaich, gun dèanadh e riatanas air mìneachadh ciorramach. Ach shuidh an taibhse sìos air an taobh eile den teine, mar gum biodh e gu tur cleachdte ris.

"Chan eil thu a' creidsinn annam," thuirt an Taibhse.

"Chan eil," thuirt Scrooge.

"Dè fianais a bhiodh agad air mo fhìrinn-seachad air sin de do chiallanan?"

"Chan eil fhios agam," thuirt Scrooge.

"Carson a tha thu a' teagamh d' fhòghnam?"

"Oir," thuirt Scrooge, "buailidh rud beag iad, dèanann droch-ord sa stamag gun cuir iad air mhearachd. Dh'fhaodadh tu bitheamnach nach eil air ithe de fheòil mhart, smud de mhusdaird, gràineag de chàis, pìos de phràta nach eil gu leòr air a chòcaireachd. Tha tu barrachd mar anlann na mar uaigh, ge be dè thu fhèin!"

Cha robh Scrooge gu tric ann an cleachdadh a' briseadh fealla-dhà, agus cha robh, ann am cridhe, ciall sam bith de dheagh ghàire aige aig an àm. Tha fìrinn na sgeul, gun do rinn e feuchainn a bhith snasail, mar mhodh air a' sùim aige fhèin a chumail às sealladh, agus a' cumail an eagail aige aig ìre ìosal; oir bhuail guth an taibhse don bhonn-fheòil ina chnàmhan.

A bhith nam shuidhe, a' stiùireadh air na sùilean reamharrachda sin, ann an sàmhchair airson mionaid, bhiodh e a' cluich, mar a mhothaich Scrooge, an diabhol fhèin leis. Bha rudeigin glè uamhasach, cuideachd, ann a bhith a' tabhann don taibhse àrainneachd ifrinn eachdraidh dha fhèin. Cha b' urrainn do Scrooge a mhothaichadh fhèin, ach bha seo follaiseach gu dearbh; oir ged a bha an Taibhse na shuidhe gu h-iomlanan socrach, bha a falt, is a sgiortaichean, is a tassels, fhathast ga chrochadh mar le ceò teth bhon aobhainn.

"An fhaic thu an deideag seo?" arsa Scrooge, a' tilleadh gu luath gu an dùbhlan, airson an adhbhar a chaidh a shònrachadh dìreach; agus a' dòchas, ged a bhiodh e dìreach airson diog, gun toireadh e suil ghloine an t-seallaidh air falbh bhuaithe fhèin.

"Tha mi," fhreagair an Taibhse.

"Chan eil thu a' coimhead air," thuirt Scrooge.

"Ach chi mi e," thuirt an Taibhse, "ge b' e dè."

"Oir!" thill Scrooge, "Chan eil agam ach seo a ghlacadh, agus a bhith air mo gheur-leanmhainn fad mo làithean le legion de ghosties, uile air mo chruthachadh fhèin. Amadan, tha mi ag ràdh riut! amadan!"

Aig seo, dh'èirich an spiorad glaodhach uamhasach, agus chrith e a slabhradh le fuaim uamhasach agus gruamach, gun do ghlac Scrooge gu teann ri a chathair, gus a shàbhaladh fèin bho tuiteam ann an t-swoon. Ach ciamar a b' mhotha bu h-èiginn aige, nuair a bha an taibhse a' toirt dhiot an ceangal mu a cheann, mar gum biodh e ro theth gus a chur oirre a-staigh, thuit a sgeilp ìochdarach sìos air a bhroilleach!

Thuit Scrooge air a ghlùinean, agus dhruid e a làmhan roimh a aghaidh.

"Tròcair!" thuirt e. "Uamhasach taibhse, carson a tha thu a' cur dragh orm?"

"Duine den inntinn talmhaidh!" fhreagair an Tàcharan, "a bheil thu 'creidsinn annam no nach eil?"

"Tha mi," thuirt Scrooge. "Feumaidh mi, ach carson a tha spioradan a' coiseachd air an talamh, agus carson a tha iad a' tighinn thugam?"

"Tha e riatanach air gach duine," thill an Tàcharan, "gu bu chòir don spiorad a-staigh ann a bhith a' coiseachd mun cuairt am measg a chàirdean, agus siubhal fad is farsaing; agus mura teid an spiorad sin a-mach ann an beatha, tha e air a chàineadh gus a dhèanamh às dèidh bàis. Tha e air a bhreth gu siubhal troimh an t-saoghal oh, mo leòn is mi! agus fhaicinn na chan urrainn dha roinn, ach dh'fhaodadh a bhith air roinn air an t-saoghail, agus a thionndadh gu sonas!"

A-rithist, thog an t-ughdar gàire, agus chrith e a shlabhra agus dh'fheuch e a làmhan sgòthach.

"Tha thu ceangailte," thuirt Scrooge, a' crith. "Innis dhomh carson?"

"Tha mi a' cur an t-slighe a dhèan mi ann an beatha," fhreagair an Taibhse. "Rinn mi e ceangal air ceangal, agus slat air slat; chuir mi air le m' roghainn fhèin, agus le m' roghainn fhèin chuir mi air. An e èibhneas a tha neònach dhut?"

Chraobh Scrooge a' crith nas mòr agus nas mòr.

"No am bu toil leat fiosrachadh," lean an Taibhse, "mu mheud 's fad na coile làidir a tha thu fèin a' giùlan? Bha i cho trom 's cho fada ri seo, seachd Oidhchean Nollaig air ais. Tha thu air obair air a chuir ris, on uair sin. 'S e slabhra trom a th' ann!"

Thug Scrooge sùil mun cuairt air an ùrlar, ann an dùil gum faigheadh e e fhèin timcheall air le mu dheich no seachdad fathaman de chàball iarainn: ach cha b' urrainn dha dad fhaicinn.

"Jacob," thuirt e, a' guidhe. "Seann Jacob Marley, innis dhomh tuilleadh. Labhair comford dhomh, Jacob!"

"Chan eil gin agam ri thoirt," fhreagair an Tàcharan. "Thig e à sgìrean eile, Ebenezer Scrooge, agus tha e air a thoirt seachad le ministearan eile, do sheòrsaichean eile de dh'fhir. Cha ghabh mi innse dhuibh na bu mhath leamsa. Beagan a bharrachd a-mhàin a tha ceadaichte dhomh. Chan urrainn dhomh tàmh, chan urrainn dhomh fuireach, chan urrainn dhomh air falbh leis an àite sam bith. Cha do shiubhail mo spiorad tuilleadh a-mach às an taigh-àireamh againn rium a shealltainn! anns an t-saoghal mo spiorad cha do shiubhal tuilleadh a-mach às crìochan caol a' phluic ùrnaigh againn; agus tha siubhalan sgìth ort romhad!"

Bha e na chleachdadh aig Scrooge, nuair a bhiodh e a' smaoineachadh, a chur a làmhan anns na pocaidean aige. A' beachdachadh air na thuirt an Tàcharan, rinn e sin a-nis, ach gun èirigh suas a shùilean, no gun tèid air falbh bho a ghlùinean.

"Feumaidh gu robh thu gle fhada mun cuairt air, Jacob," mhothaich Scrooge, ann an dòigh gnothachail, ged a bh' aige le ìochdmhoras agus spèis.

"Gu mall!" ath-dhùisg an Spiorad.

"Seachd bliadhna marbh," smaoinich Scrooge. "Agus a' siubhal fad na h-ùine!"

"An t-am gu lèir," thuirt an Taibhse. "Gun tàmh, gun sìth. Tortadh gun sguir de dhìoghras."

"A' siubhal gu luath?" thuirt Scrooge.

"Air sgiathaibh na gaoithe," fhreagair an Taibhse.

"Dh'fhaodadh tu a dhol seachad air mòran de thalamh ann an seachd bliadhna," thuirt Scrooge.

An Spiorad, air cluinntinn seo, dh'èirich eail airson a' gheàrradh tuilleadh, agus chnag e a chuibhlidhe cho ainneamh sa mhadainn mharbha, gum biodh e ceart aig an Sgioba a chur a-steach mar thoradh air.

"Ò! Gèille, ceangailte, is dà-iarainn," ghlaodh an taibhse, "gun fhios a bhith agad, gun robh aoisean de shàth-obrach gun chrìoch le cruthan beò, airson na cruinne-cè a dh'fhalbh a dh'fhàs mar an ceudna mus deach a h-uile math nas urrainn dha a bhith air a leasachadh. Gun fhios a bhith agad gun lorg spiorad Crìosdaidh sam bith a' obair gu càirdeil anns a' ghiorrad chruinn aige, ciod e a bhith e, a bheatha bheothail ro ghoirid airson a mhòr-mheud cleachdadh. Gun fhios a bhith agad nach urrainn sam bith spàs de dhiùltadh a dhèanamh suas airson aon chothrom a bheatha a chailleadh! Ach mar sin a bh' annam! Oh! mar sin a bh' annam!"

"Ach bha thu an-còmhnaidh na duine math de ghnìomhachas, Jacob," stammer Scrooge, a-nis a 'toiseachadh seo a chur an sàs dha fhèin.

"Gnìomhachas!" ghlaodh an Taibhse, a' strìochdadh a làmhan a-rithist. "B' e mo ghnìomhachas an duine-cine. B' e mo ghnìomhachas an leas coitcheann; carthanas, tròcair, foighidinn, agus càirdeas, bha iad uile, mo ghnìomhachas. B' e ach braon uisge anns an cuan farsaing a bh' annam mo ghnìomhachas mo dheidhinn na rachadh mi!"

Chaidh a ghlas-ghuib a thoirt suas aig fad a làimhe, mar gheall gum b' e sin adhbhar a h-uile duilgheadas nach robh freagarrach, agus chaith e e trom air an talamh a-rithist.

"Aig an àm seo den bhliadhna a tha a' tighinn," thuirt an taibhse, "tha mi a' fulang a mhòch, Carson a bhiodh mi a' coiseachd tro dhaoine le mo shùilean air an ìsleachadh, agus gun togainn miad gu an rionnag bheannaichte sin a stiùirich na Fir Ghlic gu àite bochd! Nach robh taighean bochd sam bith far an robh a solas a' stiùireadh mi!"

Bha Scrooge glè mhòr air a ruigheachd leis a' bhòcan a bhith a' dol air adhart air an dòigh seo, agus thòisich e air a crith gu h-àraidh.

"Èist rium!" ghlaodh an Taibhse. "Tha m' ùine air ùrach a dhol seachad"

"Bu toil leam," thuirt Scrooge. "Ach na bi cruaidh orm! Na bi blàth, Jacob! Ùrnaigh!"

"Ciamar a th 'ann a tha mi a' nochdadh romhad ann an cruth a dh'fhaodas tu fhaicinn, chan urrainn dhomh innse. Tha mi air suidhe do do thaobh gun fhaicinn thu iomadh là agus iomadh là "

Cha robh e na bheachd toilichte. Chaidh an sgèith aig Scrooge, agus sguab e an allas bho a eiteig.

"Chan eil sin na phàirt shochair de mo pheanais," lean am Taibhse. "Tha mi an seo an nochd gus rabhadh a thoirt dhut, gu bheil cothrom agus dòchas agad fhathast airson bhith a' teicheadh bhon a char seachad orm. Cothrom agus dòchas a thug mi dhut, Ebenezer"

"Bha thu an-còmhnaidh na charaid mhath dhomh," thuirt Scrooge. "Tapadh leat!"

"Bidh thu air do bhòidhcheadh," lean an Taibhse, "le Trì Spioradan"

Thuit aodann Scrooge buileach mar a rinn an Taibhse.

"An e sin an cothrom agus an dòchas a chuir thu an cèill, Jacob?" dh'iarr e, le guth a bha a' crìonadh.

"'S e tha e"

"Tha mi a' smaoineachadh gu b' fheàrr leam nach dèanainn," thuirt Scrooge.

"Gun an tadhail," thuirt an Taibhse, "chan urrainn dhut an t-slighe tha mi a' coiseachd a sheachnadh. Feuch an chiad duine a-màireach, nuair a bhios a' chlog a' bualadh Aon"

"Nach gabhainn leam iad uile aig an aon àm, agus a bhith thairis air, Jacob?" bhoilich Scrooge.

"Feuch gum bi an dàrna fear agad air an oidhche a tha romhad aig an aon uair. An treas fear air an oidhche a tha romhad nuair a thèid an stiall mu dheireadh de dhà-dheug a chur gu stad. Coimhead a bhith a' faicinn mi a-rithist idir; agus coimhead, air do shon fhèin, gun cuimhnich thu dè thachair eadar sinn!"

Nuair a thuirt e na faclan sin, thug an taibhse a phlocadh bho'n bhòrd, agus chuir e mu cheann, mar roimhe. Dh'aithnich Scrooge seo, leis an fuaim ghlic a rinn a ghrean nuair a thug an ceangal an dà chnàimhach còmhla. Thug e turas air a shùilean a thogail a-rithist, agus lorg e a' chuairteachd os-nàdarrach a' cur aghaidh air ann an seasamh dìreach, leis a' ghlas-ghleusta steachadh timcheall agus mu a gheur-uchd.

Chaidh an t-èiginn a dhìreadh air ais bhuaithe; agus aig gach ceum a ghabh e, dhrùidh an uinneag i fhèin beagan, mar sin nuair a ràinig am bòcan e, bha e fosgailte gu leathann.

Ghlaodh e air Scrooge tighinn nas fhaisge, a rinn e. Nuair a bha iad dìreach dà cheum bho chèile, thog Sgeulachd Marley a làmh, a' rabhadh dha gun tigeadh e nas fhaisge. Thug Scrooge stad.

Chan ann cho mòr ann an adhlacadh, ach ann an iongnadh agus eagal: oir air èirigh an làimhe, dh'fhaireachdainn e fuaimichean mì-chinnteach anns an adhar; fuaimichean neo-chomharrichte de mhulad agus de dhithis; golanaidhean gun chùm brosnachaidh agus fèin-thuigsinn. An taibhse, an dèidh èisteachd airson mionaid, thog i pàirt anns an òran brònach; agus sgaoil i a-mach air oidhche ghuail, dorch.

Lean Scrooge gu an uinneag: èiginneach ann an a gheur-shuim. Coimhead e a-mach.

Bha an t-àile làn de thaibhsean, a' siubhal an seo 's an sin gu neo-thàmhach, agus a' caoidh fhad 's a bha iad a' dol. Chaidh slabhraichean a chur orra uile mar thaibhse Marley; bha cuid beag (dh'fhaodte gum biodh iad na riaghaltasan ciontach) ceangailte còmhla; cha robh aon duine saor. Bha mòran dhiubh air aithneachadh gu pearsanta le Scrooge ann an amannan a beatha. Bha e air a bhith gu h-ìosal còrr is eòlach air aon thaibhse aosta, ann an waistcoat geal, le teansaid guspa mòr ceangailte ri a botal, a' caoineadh goirt aig nach b' urrainn dha cuideachadh boireannach miseil le leanabh, a chunnaic e gu h-ìosal, air leathad dorais. An truailleachd a bh' orra uile, gu cinnteach, 's e gu robh iad a' feuchainn ri bualadh a-staigh, airson math, ann an cùisean duine, agus gun chumhachd a bhith aca gu brath.

Cò dhiubh an robh na beathaichean sin a' falbh gu ceò, no an robh an ceò a' falach iad, cha b' urrainn dha a ràdh. Ach dh'fhalbh iad agus an guthan spioradail còmhla riutha; agus thàinig an oidhche mar a bha nuair a bha e a' coiseachd dhachaigh.

Dhùin Scrooge an uinneag, agus rannsaich an doras leis an robh an Taibhse air tighinn a-steach. Bha e dùbailte-glaiste, mar a bha e air a ghlasadh leis na làmhan fhèin, agus cha deach na boilt a bhother. Dh'fheuch e ri ràdh "Humbug!" ach stad e aig an chiad siolla. Agus a' bhith, bho na mothachaidhean a bh' aige, no sgìthteachd an latha, no a shealladh air an Saoghal Do-fhaicsinneach, no comhradh doilleir an Taibhse, no déidhich an uair, feumach air fois; chaidh e dìreach a leaba, gun èideadh, agus chaidh e na chadal an saoghal.

Chapter 2

AN CIAD DE NA TRÌ SPÌORADAN

NUAIR a dhùisg Scrooge, bha e cho dorcha, 's gun robh e duilich a dh'aithghearr, a' coimhead a-mach às an leabaidh, eadar an uinneag thrasda agus ballachan do-riribh dorch na sheòmraidh. Bha e a' feuchainn ri dorcha na h-oidhche a cheartachadh le a shùilean feòrag, nuair a bhuail clagan eaglaiseil faisg air ceithir ceàrnaidhean. Mar sin, bha e a' èisteachd airson an uair.

Gu mìorbhaileach, lean an clog trom bho sia gu seachd, agus bho seachd gu ochd, agus gu cunbhalach suas gu dà dheug; an uair sin stad e. Dà dheug! Bha e seachad air a dhà nuair a chaidh e a leaba. Bha an clog ceàrr. Feumaidh gu robh deighe nan reodh air tighinn a-steach don obair. Dà dheug!

Bhuail e an t-uisgeadair air a ghaireag, gus an uair gleusda seo a chur ceart. Bhuail a bioran beag luath dà dheug: agus stad.

"Carson, chan eil e comasach," thuirt Scrooge, "gum bi mi air cadal fad latha slàn agus fada a-staigh oidhche eile. Chan eil e comasach gu bheil rud sam bith air tachairt don ghrian, agus seo meadhan-latha aig dà dheug!"

'S e beachd buaireadh a bh' ann, leis gu robh e a' sgòrachadh a-mach às an leabaidh, agus a' seachnadh a-rithist gu an uinneag. Bha e air a dheònachadh a' cuir às don reothadh le uchd a ghùna-èideadh mus deach aon rud a shealltainn; agus dh'fhaodadh e a-mhàin rud beag a shealltainh an uairsin. An aon rud a b' urrainn dha a' sgrìobhadh, 's ann gu robh e fhathast gu math ceòthach agus fuar gu h-ualair, agus gu robh e gun fuaim de dhaoine a' ruith an seo 's an sin, agus a' dèanamh tòrr cnàimhseachan, mar a bhiodh ann gun teagamh sam bith nan robh oidhche air latha flòrach a bhualadh dhi, agus air a ghabhail a-staigh den t-saoghal. Bha seo na mòr-mhathas, oir bhiodh "trì làithean às deidh sealladh air seo a' Chiad Chèilidh seo pàigh do Mhgr. Ebenezer Scrooge no a òrdugh-sa," agus mar sin air adhart, air tighinn gu bhith 'na dìon teicneolaigeach a-mhàin nan robh e air làithean a chunntadh.

Chaidh Scrooge a-rithist dhan leabaidh, agus smaoinich, agus smaoinich, agus smaoinich e air a-rithist agus a-rithist agus a-rithist, agus cha b' urrainn dha dad a dhèanamh dheth. An tuilleadh 's a smaoinich e, 's ann a bharrachd a bha e air a chur air chùl; agus an tuilleadh 's a rinn e feuchainn nach smaoineadh e, 's ann a bharrachd a smaoinich e.

Bhuail taibhs Marley e gu mòr. Gach uair a thug e freagairt dha fhèin, às dèidh sgrùdadh mionaideach, gun robh e uile na aisling, chaidh a inntinn air ais a-rithist, mar tuathanas làidir a fhuair saorsa, gu a phost aig an toiseach, agus thug i air ais an aon duilgheadas ri dèanamh troimhe uile, "An robh e na aisling no nach robh?"

Laigh Scrooge anns an staid seo gus an robh an teirm air a dhol trì cairtealan a bharrachd, nuair a chuimhnich e, gu h-obann, gu robh an Taibhse air a rabhadh mu thighinn nuair a bha an clag ag bualadh aon. Dh'fheuch e ri a bhith dùisgte gus an robh an uair seachad; agus, a' smaoineachadh nach gabhadh e a dhol a chadal nas motha na a dhol a dh'Flaitheanas, 's dòcha gur e an co-dhùnadh as glice a bh' anns a chumhachd.

Bha an ceathramh cho fada, gun robh e na b' fheàrr na aon uair deiseil gu bheil e air tuiteam a-steach gu doileir fhalamhach, agus air chall an uaireadair. Mu dheireadh thall, bhris e air a chluas èisteachd.

"Ding, dong!"

"Ceathramh an dèidh," thuirt Scrooge, a' cunntadh.

"Ding, dong!"

"Leath seachad!" thuirt Scrooge.

"Ding, dong!"

"Ceathramh gu sin," thuirt Scrooge.

"Ding, dong!"

"An uair fhèin," thuirt Scrooge, le buaidh, "agus chan eil rud sam bith eile!"

Bhruich e mus do dh'fhuaim an clog uair, a-nis a' dèanamh sin le fuaim domhainn, tùrsa, falamh, muladach AON. Las solas suas sa sheòmar anns a' bhad, agus tharr a churtainean a leabaidh.

Chaidh cortanan a leabaidh a tharraing air falbh, tha mi ag innse dhut, le làmh. Cha robh i na cortanan aig a chasan, no na cortanan aig a dhruim, ach na cortanan ris an robh aodann. Chaidh cortanan a leabaidh a tharraing air falbh; agus Scrooge, a' tòiseachadh suas gu suidheachadh leth-luath, lorg e fèin a' coimhead aghaidh ri aghaidh leis an neach tadhail neo-àbhaistich a thug iad: cho faisg ort ris a tha mi an-dràsta ort, agus tha mi a 'seasamh anns an spiorad aig do uillinn.

Bha e na dhealbh neo-àbhaisteach mar leanabh: ach cha robh e cho coltach ri leanabh 's a bha e coltach ri duine aosta, air a shealltainn tro mheadhan os-nàdarrach, a thug dha coltas gun robh e air cùlachadh bho a' shealladh, agus air a lùghdachadh gu meud leanabh. Bha a falt, a bha a' crochadh mun a mhuineal agus a-nuas a dhruim, geal mar nam biodh e aosta; agus ged a bha seo mar sin, cha robh corr anns an aodann, agus bha an fhlùr as mìnne air a' chraiccann. Bha na geasan aige fada gu leòr agus làidir; an dà lùimh nikar mar sin, mar nam biodh greim aige aon ann an neart neo-àbhaisteach. Bha a chasan agus a chas, a chaidh a chruthachadh gu sònraichte, nocht mar bha na buill uachdarach sin. Bha tunnag air a cur mu a chois de an fheòil as glaine; agus mu a choimhearsnachd chaidh crios a thoirt timchioll, bha solas a bha alainn. Bha e a' cumail geug fhraoich uaine ùr ann an a làimh; agus, ann an fhacal seannach a' gheàrr-chunntais sin de sheòrsa geamhraidh, bha a chulaith air a seòrsachadh le blàthan samhraidh. Ach an rud as iongantaiche mun a dhuine seo, gu bheil e a' tighinn a-mach bho chruinne a chinn solas soilleir teth, leis an robh seo uile a 'faicinn; agus a robh gun teagamh na adhbhar a bhith a 'cleachdadh, anns a' mheud mòdha, mòr 's gur e cap èiginn a bh' ann, a tha e a-nis 'ga ghlacadh fo a gheàrran.

Fiù 's seo, ge-tà, nuair a sheall Scrooge air le seasmhachd a' meudachadh, cha robh e na aonadh as iongantaichte. Oir mar a robh a ghruaig a' dealradh agus a' glittering a-nis ann an aon phàirt agus a-nis ann an eile, agus mar a bha an solas aon diog, aig am eile bha e dorcha, mar sin a bha an t-figear fhèin ag atharrachadh ann an inntinneachd: a-nis rud le aon-arm, a-nis le aon chas, a-nis le fichead chas, a-nis pàirt de chasan gun cheann, a-nis ceann gun chorpag: air nach robh mearachd am faicinn ann an duibheag trom far an robh iad a' leaghadh. Agus ann an iongantas fhèin seo, bhiodh e fhèin ris a-rithist; soilleir agus glan mar a-chaoidh.

"A bheil thu na Spiorad, a mhic, a chaidh innse dhomh a bhiodh ag teachd?" dh'fhaighnich Scrooge.

"Tha mi!"

Bha a' ghuth bog agus sèimh. Sònraichte ìosal, mar gum biodh e, seach a bhith cho faisg air a thaobh, air falbh.

"Cò, agus dè tha thu?" dh'iarr Scrooge.

"Tha mi na Taibhse Nollaig a' Chaidh"

"An t-ìre fhada?" dh'fhaighnich Scrooge: a' toirt an aire d'a chorp beag.

"Chan eil, do dh'eachdraidh fhèin"

'S dòcha nach robh comas aig Scrooge innse do dhuine sam bith carson, nam biodh comas aig duine sam bith a dh'fhaighnicheas dhà; ach bha miann sònraichte aige an Spiorad fhaicinn ann an a chapa; agus dh'iarr e air a bhith air a chumail.

"Dè!" ghlaodh an Taibhse, "an cuir thu a-mach cho luath, le làmhan saoghalta, an solas a thug mi? Nach leòr e gu bheil thu na aon den fheadhainn a rinn an cùl seo, agus a tha a' toirt orm tron iomadh bliadhna a chur air a' bhrògan seo gu ìosal air mo mhallach!"

Thug Scrooge seachad gu urramach gun robh e beò ag iarraidh cuir dragh no fiosrachadh sam bith mu dheidhinn a bhi a' "bonnet" an Spiorad aig àm sam bith ann an a bheatha. An uairsin, dh'fhosgail e cul ri fhaicinn dè thug an Spiorad an sin.

"An leas agad!" thuirt an Taibhse.

Dh'fhaighnich Scrooge gu bheil e gu mòr an comain, ach cha b' urrainn dha smaoineachadh nach robh oidhche de dhìcheartachd nas freagarraiche don cheann sin. Feumaidh an Spiorad eisdeachd air a smaoineachadh, airson gu bheil e ag ràdh gun dàil:

"An ath-bhualadh agad, an sin, Thoir an aire!"

Chuir e a làmh làidir a-mach nuair a bha e a' bruidhinn, agus ghabh e gu socair air a ghearran.

"Èirich! Agus coiseachd còmhla rium!"

Bhiodh e gun feum do Scrooge a bhith a' maoidheadh gur e an t-aimsir agus an uair nach robh freagarrach airson crìochnachadh; gu robh am leabaidh blàth, agus an teothamhaidar fada air falbh bhon reothadh; gu robh e glèidhte ach gu h-èibhinn ann an sàilean, gùna-èideadh, agus cìr a' oidhche; agus gu robh fuachd air aig an àm sin. Cha robh an greim ri fhàgail, ged a bhiodh e cho séimh ris a' làimh boireannaich. Dh'èirich e: ach faighneachd gu robh an Spiorad a' dèanamh iad airson an uinneig, ghlac e a phaisle ann an iùl.

"Tha mi na dhaoine beò," argamaid Scrooge, "agus tha mi nar àite a' tuiteam"

"Beir ach beagan de mo làmh an seo," thuirt an Spiorad, a' cur air a chridhe, "agus bidh thu air do chuideachadh anns barrachd na seo!"

Nuair a bha na facail air an innseadh, chaidh iad tro na balla, agus sheas iad air rathad dùthcha nan dùthaich, le raointean air gach taobh. Bha a' bhaile air fàs gu tur à sealladh. Cha robh comharra sam bith air a bhith ri fhaicinn. Bha an dorcha agus a' cheò air fàs à sealladh cuideachd, oir bha e latha soilleir, fuar, geamhraidh, le sneachd air an talamh.

"Dia math!" thuirt Scrooge, a' cur a dhà làmh còmhla, is e a' coimhead mun cuairt air. "Rugadh mi san àite seo, bha mi nam bhalach an seo!"

Bha an Spiorad a' coimhead air go min. Ged a bha a bhean-thionndaidh aige aotrom agus luath, chòrd e fhathast ris an duine aosta faireachdainn. Bha e mothachail air mile fàilneachd a' snàmh san adhar, a h-uile fear ceangailte ri mile smuain, agus dòchas, agus aoibhneas, agus dragh fada, fada, air an dìochuimhneachadh!

"Tha do bhile a' crith," arsa an Taibhse. "Agus dè tha sin air do dhrìod?"

Thug Scrooge facal gu teann, le glacadh neo-àbhaisteach anns a' ghuth aige, gur e piogan a bh' ann; agus dh'iarr e air an Taibhse a stiùireadh e far an robh e airson a bhith.

"A bheil cuimhne agad air an t-slighe?" dh'fhaighnich an Spiorad.

"Cuimhnich air!" ghlaodh Scrooge le dian-ghràdh; "Dh'fhaodainn coiseachd air dùinte mo shùilean"

"Annasach gun d' dhìochuimhnich thu airson cho iomadh bliadhna!" thuirt a' Spìorad. "Leig leinn dol air adhart"

Coisich iad seachad air an rathad, a' aithneachadh Scrooge gach geata, agus posta, agus craobh; gus an do nochd baile mòr beag ann an astar, leis a' drochaid, a' chlachan agus abhainn a' sìor-chas. Chaidh ponaidhean garbh a-nis fhaicinn a' ruith orra le balaich air an droma, a ghairm air balaich eile ann an gigean dùthaich agus cairtean, air an stiùireadh le buachaillean. Bha na balaich uile seo ann an spioraid mhor, agus ghairm iad air a chèile, gus an robh na raointean mòra cho làn de cheòl sòlasach, gum b' e a' gàire a thàinig bhon adhar reòthteach!

"'S e ach sgàilean de na rudan a bh' ann iad seo," thuirt am Bòcan. "Chan eil iad mothachail oirnn."

Thàinig na siubhailichean aoibhneach air adhart; agus fhad 's a thàinig iad, bha fhios aig Scrooge agus ainmich e iad uile. Carson robh e air a shàthadh le aoibhneas a' faicinn iad! Carson robh a shùil fhionnar a' dearadh, agus a chridhe a' leum suas nuair a chaidh iad seachad! Carson robh e làn de ghaoth nuair a chuala e iad a' toirt Soillseach sona dha chèile, nuair a bha iad a' dealachadh aig crossroads agus seachdain, airson an dachaidhean freagarrach! Dè bha Nollaig Chridheil do Scrooge? A-mach air Nollaig Chridheil! Dè math a bh' ann riamh dha?

"Chan eil an sgoil gu tur trèighte," thuirt an Taibhse. "Tha an leanabh uaigneach, a tha air a dhìochuimhneachadh le a charaidean, fhathast an sin."

Thuirt Scrooge gu robh fios aige air. Agus ghlaodh e.

Dh'fhàg iad an rathad mòr, le slighe mhoiteil, agus dh'fhoillsich iad gu luath taigh mòr de bhric dhorcha, le cupola beag shìos air a' mhullach, agus clag a' crochadh ann. Bha e na thaigh mòr, ach fear a bha air a fhortan a briseadh; oir cha robh am feachdan mòr mòran ga chleachdadh, bha ballaichean fliuch agus caochladh le cànan, bha uinneagan briste, agus geataichean seòladh. Bha cearcan a' glugad agus a' strì tro na stàballan; agus bha na bothan-coach agus na bothanan air am lànachadh le feur. Cha robh e nas motha ga chumail ann an staid a sheann, a-staigh; oir a' dol a-steach don hall gruamach, agus a' coimhead tro dhorasan fosgailte de dh'òrain mòran, lorg iad iad gu bochd air an àiteachadh, fuar, agus farsaing. Bha blas talmhaidh anns an adhar, neo-thugailteachd fuar anns an àite, a bha a' buntainn leis de ghnìomhachas a' èirigh le solas cainntle, agus chan eil cus ri ithe.

Chaidh iad, an Tàcharan agus Scrooge, tarsainn an halla, gu doras aig cùl an taighe. Dh'fhosgail e roimhe iad, agus nochd e seòmar fada, lom, brònach, a rinn na bu lom le loidhnichean de fhoirmichean deal sìmplidh agus deasgagan. Aig aon de na foirmichean seo, bha balach uaigneach a' leughadh faisg air teine lag; agus shuidh Scrooge sìos air form, agus chaoidh e a' coimhead air fhèin bochd air a dhìochuimhnicheadh mar a bha e o chionn fhada.

Chan eil mac-talla fodhaichte sam bith anns an taigh, chan eil sgleog is scrabail bho na luchan air cùlaibh a' phannal, chan eil sìob bho an uisge-reòthta air leth anns an gàradh gruamach air cùlaibh, chan eil osna am measg na geugan gun duilleagan aig aon chraobh boglasach, chan eil luathsachadh aige an doras stòr falamh, o, chan eil briogais anns a' teine, ach thuit iad uile air cridhe Scrooge le buaidh bhlàthachaidh, agus thug iad slighe fharsaingeach do na deòran aige.

Bhuail an Spiorad air an arm, agus thug e iomradh air fhèin òg, a' dìreadh air a leughadh. Gu h-obann, sheas duine, ann an èideadh cèin: iongantach fìor agus soilleir ri shealltainn: a-muigh an uinneig, le tuathan air a ghruaidh, agus a' stiùireadh air an asal leis an srian a bha lomaichte le fiodha.

"Carson, tha e Ali Baba!" ghlaodh Scrooge ann an t-òrachd. "Tha e Ali Baba dìleas aosta! Tha, tha, tha fhios agam! Aig àm na Nollaig, nuair a dh'fhàg iad an leanabh uaigneach sin an seo leis fhèin, thàinig e, airson a' chiad uair, dìreach mar sin. An duine bochd! Agus Valentine," thuirt Scrooge, "agus a bhràthair fiadhaich, Orson; sin iad a' dol! Agus dè an t-ainm a bh' air, a chaidh a chur sìos anns a' bhroilleach, a' cadal, aig Geata Damascus; nach fhaic sibh e! Agus Seòmar an Sultan a chaidh a chur bun-os-cionn leis na Genii; sin e air a cheann! Freagair e iomchaidh. Tha mi toilichte mu dheidhinn. Dè a' ghnìomh a bh' aige pòsadh a' Phrionnsaich!"

Airson èisteachd ri Scrooge a' cur a h-uile dìoghras a nàdair seachad air cuspairean mar sin, le guth air leth eadar gàire is caoineadh; agus gus fhaicinn aodann làidir agus brosnachail; bhiodh e na iongnadh do charaidean gnothaich sa bhaile-mhòr, gu dearbh.

"Seo an Parrot!" ghlaodh Scrooge. "Bodal uaine agus earball buidhe, le rud coltach ri ceadas a' fàs à mullach a chinn; seo e! Bochd Robin Crusoe, ghairm e dha, nuair a thill e dhachaigh a-rithist an dèidh seòladh mun eilean. 'Bochd Robin Crusoe, càit an deach thu, Robin Crusoe?' Shaoil am fear gu robh e a' bruidhinn, ach cha robh. B' e an Parrot, fiosrachadh tu. Seo seo Friday, a' ruith airson a bheatha gu a' ghlinne bheag! Halloa! Hoop! Halloo!"

An sin, le luaths atharrachaidh a tha gu math iomallach do a charactar àbhaisteach, thuirt e, le truas airson a dhèidhinn fhèin, "Bochd bhalaich!" is dh'èigh e a-rithist.

"Tha mi ag iarraidh," muttaich Scrooge, a' cur a làimhe anns a phòcaid aige, agus a' coimhead mun cuairt air, an dèidh a shùilean a sgiobadh le a chuff: "ach tha e ro anmoch a-nis"

"Dè tha cearr?" dh'fhaighnich an Spiorad.

"Chan eil," thuirt Scrooge. "Chan eil, Bha balach a' seinn Càrol na Nollaig aig m' doras an-raoir. Bu toil leam rudeigin a thoirt dha: sin uile"

Dh'fhaodadh a' Bhòcan a bheò-ghàire, agus bhuail e a làmh: ag ràdh agus e a' dèanamh sin, "Seallamaid Nollaig eile!"

Dh'fhàs iomadach ro-shealladh Scrooge nas motha aig na faclan, agus dh'fhàs an seòmar beagan dorcha agus nas salach. Dh'fheòlaich na bileagan, chaidh na h-uinneagan a bhrist; thuit spìonadan de' phlàistear às an t-siùilinn, agus chaidh na lathaichean nocht seachad; ach mar a thachair seo uile, cha robh Scrooge a' tuigsinn nas motha na thusa. Cha robh fhios aige ach gu robh sin ceart, gu robh a h-uile càil air tachairt mar sin; gu robh e a-rithist ann, aonranach, nuair a dh'fhàg na gillean eile dachaigh airson na laethanta-saora sòlasach.

Cha robh e a' leughadh a-nis, ach a' coiseachd suas is sìos le èiginneachd. Choimhead Scrooge air an Taibhse, agus le crathadh brònach dhen cheann aige, thug e sùil èiginneach do'n doras.

Dh'fhosgail e; agus thàinig nighean òg, iomadh bliadhna nas òige na an gille, a-staigh le luaths, agus a' cur a gealaich mu chuibhle a h-uilein, a' pògadh e gu tric, agus a' bruidhinn ris mar a bràthair "mo ghràdh, mo ghràdh."

"Tha mi air tighinn gus do thoirt dhachaigh, a bhràthair ghaoil!" thuirt an leanabh, a' bualadh a làmhan beaga, is a' cromadh sìos gus gàire. "Gus do thoirt dhachaigh, dhachaigh, dhachaigh!"

"Dachaigh, beag Fan?" thill am balach.

"Seadh!" thuirt an leanabh, làn de aoibhneas. "Dachaigh, airson buan is bràth. Dachaigh, gu sìorraidh is gu bràth. Tha athair cho motha na bha e riamh, gu bheil an dachaigh coltach ri Flathail! Bhruidhinn e cho rèidh rium oidhche ghràdhaich nuair a bha mi a' dol dhan leabaidh, nach robh eagal orm a dh'fhaighneachd dheth a-rithist ma b' urrainn dhut tighinn dachaigh; agus thuirt e, Seadh, bu chòir dhut; agus chuir e mi ann an còcaireachd gus do thoirt dhachaigh. Agus bidh thu na dhuine!" thuirt an leanabh, a' fosgladh a sùilean, "agus chan eil thu a' tilleadh an-seo a-riamh; ach an toiseach, bidh sinn còmhla fad an Nollaig, agus a' coimhead airson an àm as aoibhneach anns an t-saoghal"

"Tha thu gu math na bean, beag Fan!" ghlaodh an gille.

Bhuail i a làmhan agus dh'èigh i, agus dh'fheuch i a cheann a bhoiseachd; ach a bhith ro bheag, dh'èigh i a-rithist, agus sheas i air barr a casan gus a ghabhail. An uairsin, thòisich i air a shligeadh, le i brosnachadh leanabail, a dh'ionnsaigh an doras; agus e, gun a bhith a' cur às a chomfort, chòmhdhail i.

Ghlaodh guth uamhasach san halla, "Thoir a-nuas bocsa Maighstir Scrooge, an sin!" agus nochd an sgoilear fhèin san halla, a sheall air Maighstir Scrooge le condescension fhiadhaich, agus chuir e ann an staid uabhasach inntinne le bhith a 'crathadh làmhan leis. An uairsin, thug e e fhèin agus a phiuthar dhan t-seann tobar as fuaire de phàrlair as fhèarr a chunnaic duine riamh, far robh na mapaichean air a' bhalla, agus na globoidean neamhaí agus talamhaí san uinneagan, làn le fuachd. An seo, nochd e decanter de fhìon a bha so-èibhinn ìosal, agus bloca de chèic a bha so-throm, agus rinn e instalments de na blasta sin a thoirt dha na daoine òga: aig an aon àm, a' cur seirbhiseach caol a-mach gus gloine de "rud éigin" a thairgsinn dhan phost-bhoy, a fhreagair gun robh e taingeil dhan duine, ach ma b' e an aon tap mar a bha e air blasadh roimhe, cha bhiodh e airson e. Aig an àm seo, bha trunca Maighstir Scrooge ceangailte air mullach na chaise, agus fàgail na clann slàn leis an t-sgoilear gu h-àthasach; agus a 'dol a-steach dha, dh'iomair iad gu sunndach sìos na gàrradh-sweep: na h-rothaichean luath a' sguabadh an t-seachdainn agus an t-sneachdàs far na duilleagan dorcha de na coilltean-sìorraidh mar sguab.

"Còigreach mìnail a bh' ann an-còmhnaidh, b' urrainn do anal a' thoirt bàs dhi," thuirt an Spiorad. "Ach bha cridhe mòr aice!"

"Mar sin a bh' aice," ghlaodh Scrooge. "Tha thu ceart, cha bhi mi a' cur a-null oirbh, Spiorad. Dia na ghlaodh!"

"Thug iad a beatha gu crìoch mar bhean," thuirt an Taibhse, "agus bha, mar a tha mi a 'smaoineachadh, clann aice."

"Aon leanabh," thill Scrooge.

"Fìor," thuirt an Taibhs. "Do nìomhaich!"

Chòrd Scrooge coltach gun robh e mi-shocrach ann an inntinn; agus fhreagair goirid, "Seadh"

Ged robh iad dìreach air an sgoil fhàgail an dèidh, bha iad a-nis ann an sràidean trang a' bhaile, far an robh luchd-siubhail doilleir a' dol seachad agus a' tilleadh; far an robh cairtean agus coileanaich doilleir a' sabaid airson an rathaid, agus bha strì agus buaireadh na cathrach fhìor ann. Chuir earrannadh nan bùthan gu soilleir gu leòr gu robh e Nollaig a-rithist an seo cuideachd; ach bha e feasgar, agus bha na sràidean air an solradh.

Stad an Tàcharan aig doras taigh-stòir àraidh, agus dh'fhaighnich e do Scrooge a bheil e eòlach air.

"An eil thu a' fiosrachadh!" thuirt Scrooge. "An robh mi na phrentis an seo!"

Chaidh iad a-steach. Ag amharc air sean duine ann am wig Albannach, a' suidhe air cùl bùird cho àrd, 's gun robh e air a bhith dà òirleach nas àirde, bhiodh e air a cheann a bhuail ris an t-sìdeag, ghlaodh Scrooge ann an spiorad mhòr:

"Carson, tha e 'na sheanair Fezziwig! Beannaich a chridhe; tha Fezziwig beò a-rithist!"

Chuir Seann Fezziwig a phuinsean sìos, agus sheall e suas air an uaireadair, a' sealltainn gu h-uairean seachd. Rub a lamhan; freagair a chrios-farsaing fharsaing; gàireachdainn air feadh fhèin, bhon bhrògan aige gu eòrgan a thoradh; agus ghairm e a-mach ann an guth sòlasach, ola, beairteach, feòil, jovial:

"Yo ho, an sin! Ebenezer! Dick!"

An dèidh fhèin aig Scrooge, a-nis air fàs na duine òg, thàinig e a-steach gu beò, còmhla ris an com-pheantach aige.

"Dick Wilkins, gu cinnteach!" fhreagair Scrooge ris a' Spiorad. "Beannaich mi, tha e, Tha esan an sin, Bha e glè dhlùth agam, bha Dick. Bochd Dick! A rùin, a rùin!"

"Yo ho, mo ghilliean!" thuirt Fezziwig. "Chan eil barrachd obrach an-nochd, Oidhche Nollaig, Dick.

Nollaig, Ebenezer! Cuir sinn na sgothan suas," ghlaodh Fezziwig aosda, le bualadh geur de làmhan, "mus urrainn duine ràdh Jack Robinson!"

Cha chreid thu ciamar a chaidh na daoine sin aig e! Rinn iad ionnsaigh air an t-sràid leis na cùlaithean aon, dhà, trì bha iad suas anns na h-àitean aca ceithir, còig, sia dhùin iad agus phrìnn iad seachd, ochd, naoi agus thill iad mus robh thu air tighinn gu dhà-dheug, ag anail mar eachraich ruisg.

"Hilliho!" ghlaodh an t-sean Fezziwig, a' leum gu sgiobaltaichean bho'n àrd bhòrd, le feasgarachd iongantach. "Sgaoil a-mach, mo ghilliean, agus bi iomadh àite an seo! Hilliho, Dick! Chirrup, Ebenezer!"

Sgaoil às an rathad! Cha robh rud sam bith nach robh iad deònach glanadh às an rathad, no nach b' urrainn dhaibh glanadh às an rathad, le Fezziwig a' coimhead air. Bha e deanta ann an mionaid. Chaidh gach ni a b' urrainn a ghluasad a bhacadh dheth, mar gun robh e air a chasg bhon bheatha phoblaich gu sìorraidh; chaidh an làr a sguabadh agus a uisgeachadh, chaidh na lampaichean a chur air ceart, chaidh connlach a chuir air a' teine; agus bha an t-seann taigh-stòir cho cofhurtail, agus blàth, agus tioram, agus soilleir mar bhaile-dannsa sam bith eile, mar a dh'fhaodadh tu iarraidh fhaicinn air oidhche geamhraidh.

Thàinig fidhlear a-steach le leabhar-ciùil, agus shiubhail e suas gu àrd-bhòrd, agus rinn e orcastra dheth, agus rinn e crònan mar gum biodh caogad cnatan-stamaig aige. Thàinig Mrs. Fezziwig a-staigh, aon mhòr gàire substainteach. Thàinig na trì Miss Fezziwigs a-staigh, riaraichte agus gràdhaich. Thàinig sìtheas de na leantainn òga a-staigh, a bheireadh cràdh nan cridhe. Thàinig a h-uile duine òg aige agus bannal a-steach a bha an sàs sa ghnìomhachas. Thàinig an nighean-seòmair a-steach, le a ceangailtean, am fucadair. Thàinig a' chòcaire a-steach, le caraide sònraichte a bràthair, am bainneadair. Thàinig am balach a-staigh bho thall na slighe, a bhiodh amharas aige nach robh gu leòr bòrd aige bho a mhaighstir; ag iarraidh a chur féin am follais cùlaibh an nighean bho an ath-doras, a bhiodh a' dearbhadh gu robh a cladhan tarraingte aig a ban-mhaighstir. Thàinig iadsan uile a-staigh, fear air dèidh fear; cuid gu nàireach, cuid gu misneachail, cuid gu snasail, cuid gu eucoir, cuid a' stòradh, cuid a' tarraing; thàinig iad uile a-staigh, air dòigh sam bith agus an dòigh sam bith. Chaidh iad uile air falbh, fichead còiple aig an aon àm; làmhan leath tìm agus air ais a-rithist an t-slighe eile; sìos a-mheadhan agus suas a-rithist; cuairt agus cuairt ann an iomadach ìre de bhuidhnean gràdha; còiple barrachd àrd a' nochdadh gu mì-cheart an àiteachan; còiple ùr barrachd a' tòiseachadh a-rithist, aig a' cheann a thòisich iad; a h-uile còiple barrachd aig an deireadh, agus chan eil aig aon a bharrachd airson cuideachadh! Nuair a bhuail iad an toradh seo, bha an t-Sean Fezziwig, a' bualadh a làmhan airson an dannsa a stòp, ag èigheachd "Math rinn thu!" agus chuir an fidhlear a aghaidh theth a-steach ann an pota de phorter, gu sònraichte airson an adhbhair sin. Ach a' diùltadh fois, air a shealladh a-rithist, thòisich e làithreach, ged nach robh dannsairichean ann fhathast, mar gum biodh an fidhlear eile air a thoirt dhachaigh, sgìth fhèin, air a sgiath, agus e fhèin a bhith 'na dhuine ùr a' smaoineachadh air a bhuilleachadh air falbh, no ba bheag nach e bàs.

Bha barrachd dannsaichean, agus bha eas-aonta, agus barrachd dannsaichean, agus bha cèic, agus bha negus, agus bha mòr-phìos de Ròstaig Fuair, agus bha mòr-phìos de Bhuilichte Fuair, agus bha mince pies, agus gu leòr de leann. Ach thàinig buaidh mhòr na feasgair às dèidh an Ròstaig agus a' Bhuilt, nuair a thòisich am fidhlear (cù math cliste, cuimhnich! Seòrsa duine a bhuineadh a ghnìomh nas fheàrr na bhiodh tu no mise air innse dha!) air "Sir Roger de Coverley" An uair sin, sheas Sean-fezziwig a-mach airson dannsadh le Bean-uasal Fezziwig. An còiple as fheàrr, cuideachd; le pìos deas cruaidh obrach air a ghearradh a-mach dhaibh; tri fichead no ceithir càraid de phàirtichean; daoine nach robh ri èigneachadh leotha; daoine a bhiodh a' dannsadh, agus nach robh beachd sam bith aca air a dhol air coiseachd.

Ach ma bhiodh iad dà uair mar Thoradh, o, ceithir tursan, b' e Fezziwig aig an aois a bhiodh freagarrach dhaibh, agus bhiodh Mrs. Fezziwig cuideachd. A thaobh ise, bha i fiach gu leòr a bhith 'na com-pàirtiche aige anns gach ciall den tèarma. Mura e moladh àrd a th' ann, abair domh àrd a bharrachd, agus bidh mi ag a chleachdadh. Thàinig solas dearbhach a-mach à sdàil Fezziwig. Bha iad a' soillseachadh anns gach pàirt den dannsa mar ghealaich. Cha b' urrainn dhut a bhith air toirt barail, aig àm sam bith, dè a bhiodh a' tachairt dhut an uairsin. Agus nuair a thàinig Fezziwig aig aois agus Mrs. Fezziwig troimh an dannsa uile; adhart agus air ais, dà làimh dha do phàirtiche, luigh agus cùirteis, corcraobh, snàth a' phuinnsein, agus air ais a-rithist dha do àite; chuir Fezziwig "gearradh" ann cho tapaidh, gur e coltas a bh' ann gu robh e a' wink leis a chas, agus thàinig e air a chasan a-rithist gun staing.

Nuair a bhuail an clog aon deug, bris an ball dachaigh seo suas. Ghabh Mr. agus Mrs. Fezziwig an seasamh aca, aon duine air gach taobh den doras, agus a' crathadh làmh le gach duine aonarach mar a chaidh e no i a-mach, thug iad Nollaig Chridheil dhaibh. Nuair a bh' a h-uile duine air falbh ach an dithis 'prentices, rinn iad an aon rud dhaibh; agus mar sin, dh'fhalbh na guthan sona, agus fàgadh na gillean leis an leabaidhean aca; a bha fo counter am backshop.

Fad na h-uile ùine seo, bha Scrooge air a ghiùlain mar duine a-mach à a chiall. Bha a chridhe 's a anam anns an t-sealladh, agus còmhla ri a dh'fhear-roimhe. Dh'aontaich e gach rud, cuimhnich e gach rud, coimhlionadh e gach rud, agus bha agitation an-àbhaisteach aige. Cha robh e gus an-dràsta, nuair a thionndaidh na gnuisichean soilleire a dhearbhain roimhe agus Dick bhuapa, gu robh e a' cuimhneachadh air an Taibhse, agus a' faireachdainn gu robh e a' coimhead dìreach air, fhad 's a robh an solas air a chionn a' losgadh glan soilleir.

"Cùis bheag," arsa an Tàcharan, "gus na daoine gòrach seo a dhèanamh cho làn de bhuíochas."

"Beag!" mac-tallaich Scrooge.

Chuir an Spiorad goid airsan èisteachd ris na daoi fhoghlamaichean, a bha a' cur an cridhean a-mach ann an moladh Fezziwig: agus nuair a bha e air a dhèanamh, thuirt e,

"Carson! Nach eil e? Cha do chaill e ach beagan punnd de do chuid airgid bàsmhor: trì no ceithir ma dh'fhaodte. A bheil sin cho mòr 's gu bheil e airidh air an moladh seo?"

"Chan e sin a th' ann," thuirt Scrooge, a' teasachadh leis an aithris, agus a' bruidhinn gun mothachadh mar a shean-fhèin, chan eil a dhèidh-fhèin, fhèin. "Chan e sin a th' ann, Spiorad, Tha cumhachd aige a' toirt sonas no mì-fhortanach dhuinn; a' dèanamh ar seirbheis èibhinn no troma; riaraicht no obair chruaidh. Can gun tig a chumhachd bho fhacail agus coltas; ann an rudan cho beag is neo-chudromach gun robh e do-dhèanta ionnsachadh agus àireamh iad suas: dè an uairsin? Tha an sonas a bheir e, cho mòr ri bhith costadh fortan"

Fhuair e sealladh an Spioraid, agus stad e.

"Dè tha cearr?" dh'fhaighnich an Taibhse.

"Chan eil dad sònraichte," thuirt Scrooge.

"Rud, tha mi a' smaoineachadh?" insist an Tàcharan.

"Chan eil," thuirt Scrooge, "Chan eil, bu toil leam a bhith comasach gairm facal no dhà ri m' chleireach an-dràsta. Sin uile"

Chuir a dhèideadh seann-fhèin an lampaichean nuair a thug e ùghdarras don iomraidh; agus sheas Scrooge agus an Spiorad a-rithist taobh ri taobh san adhar fosgailte.

"Tha m'ùine a' fàs goirid," thuirt an Spiorad. "Luath!"

Cha robh seo a 'dol a dh' Scrooge, no gu duine sam bith a b' urrainn dha fhaicinn, ach rinn e buaidh lathaith. A-rithist, chunnaic Scrooge e fhèin. Bha e nas sine a-nis; duine anns a 'mheadhan a bheatha. Cha robh na loidhnean garbh is cruaidh a bh' anns na bliadhnaichean an dèidh sin air aodann; ach bha e air tòiseachadh air a' ghiulan comharraichean cùraim is sannt. Bha gluasad èibhinn, santach, mi-sheasamhach anns an suil, a nochdadh an iomairt a bha air freumh fhàs, agus far am biodh sgàil an craobh a 'fàs a' tuiteam.

Cha robh e na aonar, ach bha e suidhe ri taobh nighean òg bhrèagha ann am dreas tursaidh: anns an tug na deòirna a bha anns a sùilean, a dh'fhaclach ann an solas a dh'èirich às Spiorad na Nollaig a chaidh seachad.

"Chan eil sin cudromach," thuirt i, gu sèimh. "Dhutsa, glè bheag, Tha ìomhaigh eile air mo dhiùltadh; agus ma tha e comasach air adhbhrachadh agus sòlas a thoirt dhut anns an àm ri teachd, mar a bhiodh mi air feuchainn ri dèanamh, chan eil adhbhar ceart agam gus brònachd"

"Dè Ìosaig a thug àite dhut?" fhreagair e.

"An t-òr aon"

"Seo e a' dèiligeadh co-ionnanachd an t-saoghail!" thuirt e. "Chan eil dad air a bheil e cho doirbh mar bochdainn; agus chan eil dad a bhios e a' gearain gu seasmhach mar an iomairt airson beairteas!"

"Tha eagal ort ro mhòr mun saoghal," fhreagair i, gu sèimh. "Tha dòchas sam bith eile agad air teàrnadh gu dòchas a bhith seachnadh càineadh grànnda. Tha mi air fhaicinn do dhùilichean uaisle a' falbh aon gin aon, gus am bi an tuigse prìomhach, Proiseactadh, a' gabhail ort. An robh mi?"

"Dè an uairsin?" fhreagair e. "Fiù 's ged tha mi air fàs cho crìonach, dè an uairsin? Chan eil mi air atharrachadh thuca dhut"

Chroch i a ceann.

"An e mi a tha seo?"

"Tha ar conradh na sheann fhear, Rinn sinn e nuair a bha sinn bochd agus toilichte a bhith mar sin, gus an robh sinn, ann an àm math, comasach air ar fortan saoghalta a mheudachadh le ar n-obair foighidneach. Tha thu air atharrachadh. Nuair a chaidh a dhèanamh, bha thu na dhuine eile."

"Bha mi nam bhalach," thuirt e le mì-thoil.

"Tha do dhòigh fhèin ag innse dhut nach eil thu mar a bha thu," thill i. "Tha mi, Seo a bha faisg air sonas nuair a bha sinn aon chridhe, tha e làn de mhothachas a-nis nach eil sinn dà. Ciamar as trice agus ciamar cho cruaidh 's a bha mi a' smaoineachadh air seo, chan innse mi. Tha gu leòr agam a bhith a' smaoineachadh air, agus is urrainn dhomh thu a leigeil dhut "

"An do lorg mi riamh saorsa?"

"Ann am facal, Cha, Gu bràth"

"Ann an dè, an uairsin?"

"Ann an dòigh-beatha atharrachadh; ann an spiorad atharrachadh; ann an atmosfair eile de bheatha; dòchas eile mar a phrìomh chrìoch. Ann a h-uile rud a rinn mo ghaol sam bith luachmhor no luachail ann do shùilean. Ma bhiodh seo idir eadarainn," thuirt an nighean, a' coimhead gu sòisealta, ach le cothromachd, air; "innse dhomh, an lorgadh tu mi a-mach agus feuchadh tu gam bhuannachadh a-nis? Ah, chan urrainn!"

Chuir e coltas gu robh e a' gèilleadh don còir a bha air a shùileasadh, a dh'aindeoin dha fèin. Ach thuirt e le strì, "Chan eil thu a' smaoineachadh"

"Bu toil leam smaoineachadh eile nam biodh mi a' comas," fhreagair i, "Tha fios aig Neamh! Nuair a tha mi air an Fhìrinn mar seo ionnsachadh, tha mi a' tuigsinn ciamar a tha e làidir agus neo-fhuasgladh. Ach ma bhite sibh saor an-diugh, a-màireach, an-dè, an urrainn dhomh fiù 's a chreidsinn gun toireadh tu roghainn air nighean gun tochair, thusa a tha, ann an do mhisneachd fhèin leatha, a' tomhas gach rud le Stoirm: no, a' toirt roghainn oirre, ma bhiodh tu gu bràth gu leòr a' seòladh air do phrionnsabal stiùireadh aon-chananach gus sin a dhèanamh, nach eil mi a' fiosrachadh gun tigeadh do dhìthneas agus do dhuilichadh gu cinnteach na dheigh? Tha mi; agus tha mi gad shaoradh. Le cridhe làn, airson gràdh dhan fhear a bha thu aon uair"

Bha e a' dol bruidhinn; ach le a ceann air a thionndadh bhuaithe, lean i air adhart.

"Faodaidh cuimhne air an t-seann aimsir mi a dhòchas gum bi cràdh agad anns seo. Ùine glè, glè ghoirid, agus cuiridh thu às do chuimhne e, toilichte, mar aisling gun phrì, bhon a dh'èirich gu math thu. Gun dèan thu sona san bheatha a thagh thu fhèin!"

Fhàg i e, agus dh'fhalbh iad.

"Spirit!" thuirt Scrooge, "na taisbean dhomh tuilleadh! Stiùirich mi dhachaigh. Carson a tha thu toilichte gu pàin mi?"

"Aon sgàile a bharrachd!" ghlaodh an Tàcharan.

"Chan eil tuilleadh!" ghlaodh Scrooge. "Chan eil tuilleadh, chan eil mi ag iarraidh a bhith a' faicinn. Na seall dhomh tuilleadh!"

Ach chaidh an Taibhse cùmhachdach a dhìon ann an an dà làimh aige, is thug e air a bheil sealladh air dè thachradh an uair sin.

Bha iad ann an sealladh agus àite eile; seòmar, nach robh cho mòr no breagha, ach làn le cofortachd. Ri taobh an teine gheamhraidh shuidh nighean òg àlainn, cho coltach ris an fhir mu dheireadh gum bheil Scrooge a 'creidsinn gun robh an aon duine, gus an dèan e a faicinn, a-nis bean mhaith freagarrach, a' suidhe aghaidh ri a nighean. Bha an fuaim anns a 'seòmar seo gu tur thuathalach, oir bha barrachd cloinne ann, na b' urrainn do Scrooge a chunntadh ann an staid mearaich a chinn; agus, gu do-rireadh mhòr, cha robh iad mar a bhith mar chinnt, a' gluasad mar aon, ach bha gach pàiste a' gluasad mar cheathrad. Bha na h-iomairtean gu strìochdach ris a 'chreidsinn; ach cha do chùm duine sam bith cùram; air an contraire, ghàire a 'mhàthair agus a' nighean gu aoibhinn, agus chòrd e glan ris an dà rud; agus an ath fhacal, a 'tòiseachadh gu luath a dhol anns na geamaichean, fhuair i a goid leis an oganaich òga gu cruaidh. Dè nach robh mi air innse a bhi na aon dhiubh! Ged nach robh mi a-riamh cho mì-mhoireasach, chan eil, chan eil! Cha robh mi airson beairteas an t-saoghail uile a bhriseadh an cìocras sin, agus a tharraing sìos; agus airson a 'bhròig bheag luachmhor, cha robh mi air a tharraing dheth, Dia beannaich m' anam! gus mo bheatha a shàbhaladh. O thaobh a coiseachd air a geodsa ann an spòrs, mar a rinn iad, cruinneachd óg ghasda, cha b' urrainn dhomh a dheanamh; Bhiodh mi air dùil gum biodh mo gheàrradh air fas timcheall airson pèanas, agus nach tigeadh e dìreach a-rithist. Agus tha mi air mo ghràdhainn, tha mi ag innse, gum biodh ann an dèidh a beulaibh a bheantainn a bhith ag ionnsachadh, gun robh iad fosgailte; gu coimhead air fasgaidhean a shùilean, gun cail a chuir buidheannach; gu bheil tuilnean falt, troigh dheth a bhiodh na chuimhneachan thar phrìs: gu goirid, bu b' fheudar dhomh, tha mi ag aideachadh, gum b' fheudar dhomh cead sìmplidh leanabh, agus dòigh air a bhith na bharra na fhir aig an aon àm.

Ach a-nis chuala iad a' bualadh air an doras, agus leum gu math luath a bha ro làidir 's gun robh i le aodann gàireachdainn agus a deasachadh air a spuilleadh, a' dol ga iomairt do dhan a' doras mar mheadhanan de bhuidheann naichte agus brosnachail, dìreach ann an ùine gus an athair a fàilteachadh, a thàinig dhachaigh agus fear a' cumail seachad de dhèideagan Nollaig agus tiodhlacan na làithean. An uairsin bha an sgiamhail agus an streap, agus an ionnsaigh a thug iad air an duine gun chosnadh! A' dèanamh leum air le stòlan mar drèanaichean gus a bhrotan a thoirt bho, a sgoltadh dhe na pacaidean pàipeir donn, a' cumail gu diongmhal leis a cravat, a' dèanamh an-còmhnaidh timcheall a mhuineil, a' bualadh air a dhruim, agus a' geilt air a chasan le gràdh nach gabh smachd air! Glaodhaich na h-iongnadh agus an toileachais a bha ann nuair a fhuasgail iad gach pacaid! An naidheachd uamhasach gun deach an leanabh fhaighinn a' cuir fryingpan de dhèideag anns a bheul, agus bha e fada nas coltaiche gun robh e air gobhlach iùl breugach ithe, air a ghearradh ann am plàta fiodha! An fàsas mòr a thàinig le bhith a' faighinn a-mach gun robh seo mì-fhìor! An toileachas, agus an taing, agus an extasis! 'S iad uile air an aon dòigh eo-dheòscribhinn. 'S gu leòr gu bheil na cloinne agus an cuid mothachaidhean air tighinn a-mach à seòmar-suidhe, agus le staighre aig an àm, suas gu mullach an taighe; far an deach iad a leaba, agus mar sin chaidh iad a chumail sìos.

Agus a-nis bha Scrooge a' coimhead air nas mothachaile na riamh, nuair a bha maighstir an taighe, aige air a nighean a' tàmh gu gràdhach air, suidhichte leatha agus leatha mathair aig teine a chuid fhèin; agus nuair a smaoinich e gum faodadh cruth eile mar seo, cho snog agus làn de ghealladh, a bheil air a gairm athair, agus 's e earraich san gheamhradh slàn aige, chaidh a shealladh gu glè dhorcha gu dearbh.

"Belle," thuirt an duine, a' tional gu a bhean le gàire, "chunnaic mi cara sean dhut feasgar an-diugh."

"Cò b' e a bh' ann?"

"Tomhais!"

"Ciamar a ghabhas mi? Tut, nach eil fios agam?" thuirt i anns an anail chéanna, a' gàireachdainn mar a bha e a' gàireachdainn. "Mr, Scrooge"

"Mr Scrooge a bh' ann, chaidh mi seachad air uinneag a' oifis aige; agus o nach robh i dùinte, agus gun robh còinneachd a-staigh ann, cha b' urrainn dhomh a bhith gun a fhaicinn. Tha a chom-pàirtiche a' laighe aig bàs, tha mi a' cluinntinn; agus bha e suidhe an sin leis fhèin. Gu tur leis fhèin anns an saoghal, tha mi a' creidsinn."

"Spirit!" thuirt Scrooge le guth briste, "thoir dhìomh bho an àite seo"

"Thuirt mi riut gur ann à sgalan nan rudan a bh' anns na tha seo," thuirt an Tàcharan. "Gur iad sin na tha iad, na cuir an coire orm!"

"Thoir dhìom mi!" ghlaodh Scrooge, "Chan urrainn dhomh a thoirt suas!"

Thionndaidh e air an Taibhse, agus a' faicinn gu robh e a' coimhead air le aodann, anns an robh pìosan ann do gach aghaidh a bha i air a sealltainn dha, air a stri, leis.

"Fàg mi! Thoir mi air ais, Na bi a' strì mi tuilleadh!"

Ann an stroid, ma dh'fhaodadh sin a bhith air a ghrìodadh mar stroid sa bheil an Taibhse gun fhreasdal soilleir air a thaobh fhèin, cha robh e air a chuir à bòid le àmhghar sam bith a nàimhdean, mhothaich Scrooge gu robh an solas aige ga losgadh àrd agus soilleir; agus a' ceangal sin gu doirbh ris a bhuaidh air, rug e air a' chèann-sgèith, agus le gnìomh obann bhrùth e e sìos air a cheann.

Thuit an Spiorad fo e, 's gun robh an duileasgair a' comhdachadh a h-uile cruth; ach ged a bha Scrooge a' brùthadh e sìos le a uile neart, cha b' urrainn dha an solas a chur am falach: a bha a' sruthadh fo e, ann an tuil gun bhriseadh air an talamh.

Bha e mothachail gu robh e sgìth, agus air a ghabhail seachad le cadal neo-fhreasgarrach; agus, a bharrachd air sin, a bhith ann an seòmar-cadail fhèin. Thug e greim mu dheireadh air a' bhunaidh, far an robh a làmh a' lùghdachadh; agus cha robh ach ùine ghoirid aige gus a dhol gu leabaidh, mus do chaidh e sìos ann an cadal trom.

Chapter 3

AN DÀRNA DE NA TRÌ SPIDEAN

A' DHÙSGADH ann an cridhe snore gu h-ìre neònach, agus a 'suireadh suas ann an leabaidh gus a smuaintean a bhith còmhla, cha robh adhbhar sam bith aig Scrooge ri ràdh gum biodh an clag a-rithist air an dìreach aig aon. Mhothaich e gu robh e air a thilleadh chun mothachadh ann an tìm ceart, airson an adhbhar sònraichte co-chomhairle a chumail leis an teachdaireachd an dàrna iomairt a chaidh a chur thugad le stiùireadh Jacob Marley. Ach a 'lorg gu robh e a' tòiseachadh a bhith fuar gu neo-chòmodail nuair a thòisich e air iongnadh cò dhen fhaltan aige a bhiodh an t-àbhaisteachd ùr seo a' tarraing air ais, chuir e iad uile gu leòr air falbh le a làmhan fhèin; agus a 'leagail sìos a-rithist, a 'stèidheachadh freagairt gheur timcheall air an leabaidh uile. Oir bha e ag iarraidh dùbhlan a thoirt don Spiorad an uair a nochdadh e, agus cha robh e ag iarraidh ghabhadh gu h-obann, agus a dhèanamh nervy.

"Fir dhealasach, a' dèanamh àrd-iomraidh air bhith eòlach air dìreach no dhà, agus cuideachd a bhith gu tric comasach air an làthair, a' nochdadh raon farsaing an cumais airson eachdraidh le bhith ag ràdh gu bheil iad deas son rud sam bith bho theàrnadh torr no ghabhail beatha; eadar na h-ìrean eadar-dhealaichte sin, tha mi gun teagamh, tha raon leathann agus glè chomhla ri cheile de chuspairean. Gun a bhith a' cur a-mach airson Scrooge cho cruadalach mar seo, chan eil mi a' cur an cèill gun do b' fheàrr leat creidsinn gu robh e deiseil airson raon leathann de nochdadh iongantach, agus nach robh mòran eadar leanabh agus rhinoceros a dh'fhaodadh èigheach mòran air."

A-nis, a' deasachadh airson rudeigin, cha robh e deiseil idir airson dad; agus, mar sin, nuair a bhuail an Clag a h-Aon, is cha do nochd cruth sam bith, bha e air a ghabhail le freagailt treubhach. Còig mionaid, deich mionaid, ceathrad uair an cuairt seachad, ach cha tàinig dad. Air an uair seo uile, bha e a' laigh air a leabaidh, cridhe agus meadhan lasair de sholas dearg, a bha a' stroilleadh air nuair a dh'innis an cloc an uair; agus a bha, a' bhith na sholas a-mhàin, na bu dhenasa na dùsantan de bhoireannaich màra, oir cha robh comas aige a dhèanamh a-mach dè an comhairle a bh' innte, no dè a bhiodh i a' dèanamh; agus bha e uaireannan a' faireachdainn gun d' fhaoiteadh e a bhith na thubaist inntinneach de losgadh ro-dhlu-thoileach aig an aon àm, gun a bhith a' faotainn uiread de shòlas mar fhiosrachadh. Mu dheireadh thall, ge-tà, thòisich e a' smaoineachadh mar a bhiodh sibhse no mise air smaoineachadh aig an toiseach; oir 's e an neach nach eil anns an fhadhb a tha a' tuigsinn dè bu chòir a bhith air a dheanamh innte, agus gun robh iad gun teagamh air a dheanamh cuideachd mu dheireadh thall, tha mi ag ràdh, thòisich e a' smaoineachadh gun d' fhaodadh an t-ùrsprung agus an dìomhaireachd aig an solas taibhseil seo a bhith anns an t-seòmar ri taobh, far nach robh, aig a bhreathadh a barrachd air, coltach gu robh e a' deàrrsadh. Leis an smuain seo a' gabhail grèim làn air a inntinn, dh'èirich e gu sàmhach agus shiubhail e anns a shlighean chun an dorais.

An turas a bha làmh Scrooge air an loc, ghlaodh guth annasach air le a ainm, agus dh'ordaich e dha a dhol a-staigh. Ghèill e.

Bha e na sheòmar fhèin. Cha robh teagamh sam bith mu sin. Ach bha e air atharrachadh iongantach a dhèanamh. Bha na ballachan agus an t-sìleab air an t-àiteachadh le glas beò, 's ann mar gharadh iomlan a thug e coltas; bho gach pàirt dhiubh, bha caorainn soilleir a' dearrsadh. Thug duilleagan reòthte an cuilein, na mistletoe, is na iubhair solas air ais, mar gum biodh iomadh beagan sgàthan air an sgaoileadh an sin; agus chaidh teine mòr a' ròstadh suas an t-similear, mar nach robh an teallach troma seo a-riamh eòlach air ann an ùine Scrooge, no Marley's, no airson iomadh geamhradh fada. Bha nithean air an cumail suas air an ùrlar, gus riaghalachd de chuid seòrsa a chruthachadh, bha tùirc, géidh, geamhradh, cearc, amhainn, feòil mòr, mucan sùgh, fliuchadan fada de ispìnichean, pies minced, puddings plump, barail de bhioragan, chestnuts teòth, ùllan le ceannan deireanach, orainsean sùghach, pèirichean blasta, cèicean mòra dàrna bliadhna, agus bàla seetheach de phunch, a thug an t-seòmar dorcha leis an tòimhseachan blasda. Ann an staid shònraichte air an t-seòmar seo, bha am f Giant sunndach, àlainn ri fhaicinn; a bha a' giùlan adhaircean lasrach, ann an cruth nach robh neo-choitcheann Plenty's horn, agus chum e e suas, suas, gus solas a chur air Scrooge, nuair a thig e a' coimhead timcheall an dorais.

"Thig a-steach!" ghlaodh an Taibhse. "Thig a-steach! agus faigh aithne orm a bhiadhnaich!"

Chaidh Scrooge a-steach gu faiteach, agus chroch e a cheann roimh an Spiorad seo. Cha robh e na Scrooge stuama a bh' ann roimhe; agus ged a bha sùilean an Spioraid soilleir agus càirdeil, cha robh e ag iarraidh coinneachadh riutha.

"Tha mi na Taibhse Nollaig a-nis," thuirt an Spiorad. "Coimhead orm!"

Rinn Scrooge sin gu ùrbhaidh. Bha e a 'caiseachd ann an aon chasag uaine shìmplidh, no brat, air a bhòrd le fionnadh geal. Chaidh an èideadh seo a chrochadh cho fallain air an fhigear gu robh a brollach fharsaing nocht, mar gun tàinnteanachd do bhith air a ghearradh no a chèileachadh le aon seòrsa ealainn. Bha a chasan, a bha soilleir fon togail mhor de dh'eideadh, cuideachd nocht; agus air a cheann, cha robh e a 'caitheamh ach corr fhèil nollaig, a bha sgaoilte an seo agus an sin le ioghaltan dealanaich. Bha na cuailean donn dorcha aige fada agus saor; saor mar a ghnùis dheagh-chridheach, a shùil ghreadhnach, a làmh fosgailte, a ghuth sunndach, a gniomh saor, agus a choltas sòlasach. Bha scabbard aighean co-sheang air a ghràsaich timcheall a meadhan; ach cha robh claidheamh ann, agus bha an t-sgain dhrùidhteach aig an t-seann chuideachadh le rust.

"Cha do chunnaic thu riamh coltas orm roimhe seo!" ghlaodh an Spiorad.

"Cha do rinn," fhreagair Scrooge dha.

"Cha do shiubhail mi a-riamh le buill òige mo theaghlaich; a' ciallachadh (o bheil mi òg gu leòr) mo bhràithrean mòra a rugadh anns na bliadhnaichean as ùire?" lean an Tàcharan.

"Chan eil mi a' smaoineachadh gu bheil," thuirt Scrooge. "Tha eagal orm nach eil. An robh iomadh bràthair agad, Spiorad?"

"Corra mheud seachd ochd ceud," thuirt an t-Spiorad.

"Teaghlach uamhasach ri soladh!" mùthail Scrooge.

Dh'èirich Spiorad Nollaig an Làtha.

"Spirit," thuirt Scrooge gu h-ìosalach, "stiuir mi far a bheil thu airson. Chaidh mi a-mach a-raoir air ìre, agus dh'ionnsaich mi leasan a tha ag obair an-dràsta. A-nochd, ma tha rudeigin agad ri teagasg dhomh, leig leam prothaid a chosnadh às."

"Beir air mo bhrobe!"

Rinn Scrooge mar a chaidh a thuigsinn dha, agus dh'fheuch e gu daingean e.

Cuiridh, drualus, caorainn dearg, eiddew, turcaidhean, geòidh, eòin-fhiadhach, cearc, feòil mhor, feòil, mucan, isbeanan, oisrigh, bìdh, duilleagan, measan, agus puraidh, uile dìreach air falbh. Mar sin rinn an seòmar, an teine, an solas ruadh, an uair den oidhche, agus sheas iad anns na sràidean cathrach air madainn an Nollaig, far an robh (oir bha an aimsir garbh) an sluagh a' dèanamh ceòl garbh, ach beòthail agus chan eil mi neo-thaitneach, ann an sgrabadh an t-sneachda bhon chladach mu choinneamh an dachaidhean, agus bhon mhullach aca, far robh e dìol maith gàire do na balaich faicinn e a' tighinn a bheum cas a-mach anns an rathad gu h-ìosal, agus a' freagairt ann an stoirmean sneachda beag artaigealach.

Bha aghaidhean an taigh a' coimhead gu leòr dubh, agus na h-uinneagan nas dhubhaiche, a' cur an aghaidh an duilleag bhàna rèidh de shneachda aig na mullachan, agus an sneachd as salach air an làr; an t-airgead a bharrachd seo a bha air a thrusadh suas ann am furgaichean domhainn le cuibhlean throm na càrtan agus na carrothan; furgaichean a chroisicheadh agus ath-chroisicheadh iad fhèin na ceudan de thursan far an robh na sràidean mòra a' sgaoileadh; agus a' cruthachadh canalan casta, duilich a lorg anns an lànach buidhe troma agus anns an uisge reòite. Bha an speur dubh-ghorm, agus bha na sràidean as goirte a' tuiteam le ceò dubh-salach, leath-thoirteil, leath-reòite, aig a bheil na pàirtean as troma a' tuiteam ann an fras de dh'adaman sòiteach, mar gun robh gach cailleach-dheò ann an Breatainn

Mhòr, le aonta, air greim teine fhaighinn, agus a' losgadh gu làn-thoil aca. Cha robh mòran aig an aimsir no a' bhaile a bha aoibheil, agus tha mi fhathast ann an aoibhneas gu leòr a bha eadhon an gaoth as soilleire agus an grian as gile an samhraidh a bha a' feuchainn ri sgaoileadh air neo-thoil.

Oir, bha na daoine a bha a' sgabadh air mullach nan taighean sona agus làn de aoibhneas; a' gairm a-mach ri chèile bho na parapets, agus a-nis is a-rithist a' malairt snowball aotrom, faochadh fad bharrachd na mòran de aon fhoillseachadh mòr ghàire ma chaidh e ceart agus chan eil nas lugha de ghàire ma chaidh e ceàrr. Bha bùthan nan eosagach fhathast leath-fhosgailte, agus bha na buitichean meas a' deàrrsadh ann an iomradh. Bha bhascaidean mòra, cruinn, pot-bhronnach de chestnuts, cruthachadh mar veisteanan de sheann daoine sona, a' lùbadh aig na doras, agus a' tuitean a-mach air an t-sràid ann an opulence apoplexy. Bha Onions Spàinneach, donn ruadh, leathann ciste, a' deàrrsadh ann an saibhreas an fàisgir mar Fràraichean Spàinneach, agus a' wink bhon na sgeilpichean ann an gàire sly amach gun ruigsinn aig na nigheanan mar a chaidh iad seachad, agus sùil tional gu mèirlich aig an mistletoe air a chrochadh. Bha pairs agus ùbhlan, a' buillinn àrd ann an pyramids blàth-bheò; bha bunches de grapes, dèanta, ann an tròcaire nam shopkeepers a lùbadh bho hooks follaiseach, gu bheil bheul an t-sluaigh a d'fheuch iad a-mach an t-saor an ceangal mar a chaidh iad seachad; bha carmean de filberts, mosach agus donn, a' toirt air ais, anns an ùbhlan, siubhal seann eadar na coilleagan, agus shuffling taitneanaich gobhlach tron duilleagan tioram; Bha Biffins Norfolk, àrd agus dorcha-aghaidh, a' cur oirnn an orain agus na lemons, agus, ann an cruinneas mòr nan duinean sùgh-mhòr, ag ùrnaigh gu iadraidh agus ag àiteachadh gus an toirt dhachaigh ann an pocaichean pàipeir agus itheadh às dèidh dìnnear. An t-òr fhèin agus an t-iasg airgead, air an cur a-mach eadar na toraidhean roghainn seo ann am bàla, ged a b' aon bhall de cuid seann agus làn cumhachd, chòrd e dhaibh gu robh rudeigin a' dol; agus, gu iasg, chaidh e a' tòdhladh mun cuairt agus mun cuairt air an saoghal beag aca ann an uisgean mòr agus gun spoirt.

Na Grocers'! ò, na Grocers'! beagnach dùinte, le dà-ùrlar sìos, no aon; ach tro na beàrnaichean sin seallaidhean den t-seòrsa seo! Cha robh e a-mhàin gu robh na sgeilean a' tuiteam air an counter a' dèanamh fuaim aoibhinn, no gu robh an twine agus an roller a' sgaoileadh cho beòthail, no gu robh na canisters air an racleadh suas agus a-nuas mar mhàgaidhean eòlach, no fiù 's gun robh na cumhran thaighde agus cofaidh cho freagarrach don sròn, no fiù 's gun robh na raisins cho pailt agus ainmeil, na almonds cho geal gu math, na sgiathan de cinnamon cho fada agus dìreach, na spìosraichean eile cho blasta, na measan candied cho caked agus breac le siùcar liquefied a dhèanamh an duine as fhuar a coimhead air daonna agus follaiseach bilious. Cha robh e a-mhàin gu robh na figs taise agus pulpy, no gu robh na plums Frangach a' deargadh ann an tartness mac-meanmainach bho na boscaichean mòr-bhreac aca, no gu robh a h-uile rud math ri ithe agus ann am freagarrachd na Nollaig; ach bha a h-uile custaimer cho brosnachail agus cho eòlach ann an gealladh dòchais an latha, gu robh iad a' tumadh suas an aghaidh a chèile aig an doras, a' bualadh an cliathaichean wicker gu fiadhaich, agus a' fàgail an ceannaich air an counter, agus a' tilleadh a ruith a thogail iad, agus a' dèanamh ceudan de mhearachdan mar sin, san dòigh as fheàrr; fhad 's a bha an Grocer agus a mhuinntir cho freagarach agus ùr gun robh na cridhean snasail leis an robh iad a' fastadh a cuid aprons air cùl aca a dh'fhaodadh a bhith air an cuid fhèin, air an cur a-mach airson sgrùdadh coitcheann, agus airson daws na Nollaig airson dèanamh greim air ma thaghadh iad.

Ach gu luath ghlaodh na stùcain na daoine matha uile, gu eaglais agus eaglais, agus thàinig iad a-mach, a 'sgaoileadh tro na sràidean ann an dathachd, agus le aghaidhean as sona. Agus aig an aon àm, thàinig daoine gun àireamh a-mach à deugan de shràidean cèin, lànagan, agus cas-cheumain gan ainm, a 'giùlain am biadh-latha gu bùithtean na bhaiceirean. Choireigin le aghaidh an fheadhainn bochd a bh' ann a' fàs gu mòr air an Spiorad, oir sheas e le Scrooge ri a thaobh ann an doras an bhaicèir, agus a 'togail na clàir nuair a chaidh am beairtean seachad, a' sgeadachadh tuilleadh air an biadh-latha bho a lochran. Agus bha e na lochran gle ùr-ghnàthach, airson aon no dhà uair nuair a bha facal mì-thoilichte eadar cuid a bha a 'giùlain am biadh-latha a bh' air bualadh an aghaidh a chèile, bha e a 'tuiteam beagan de dh' uisge orra bho, agus chaidh an deagh thoileachas aiseag gu dìreach. Oir thuirt iad, bha e na nàire a bhith a 'strì air Là Nollaig. Agus mar sin a bha! Gràdh Dia e, mar sin a bha!

Ann an ùine, stad na clogaichean, agus dhùin na bakers; agus fhathast bha toradh blàtheil air gach biadh seo agus air an dòigh a bhios iad a' còcaireachd, anns an trusgan a bha air an duilleigeachadh os cionn aumaidh gach nead-ceàrr; far an robh an rathad-dubhail a' toit mar gum biodh na clàraichean aice a' còcaireachd cuideachd.

"An eil blas sònraichte anns na tha thu a' sguabadh às do lòchrann?" dh'fhaighnich Scrooge.

"Tha, Mo fhein"

"An bhiodh e a' freagairt do gach seòrsa dìnnear air an latha seo?" dh'fhaighnich Scrooge.

"Gu h-aon toilichte a thoirt seachad, Gu neach bochd a' mhòr-chuid"

"Carson gu robh bochd aig a' mhoir?" dh'fhaighnich Scrooge.

"Oir tha esan a' feumachadh as motha"

"Spirit," thuirt Scrooge, às dèidh mionaid de bheachd, "tha mi iongantach gu bheil thu, a-mhàin na biastan anns na saoghalan mòra mu ar cuairt, ag iarraidh teannadh cothrom nan daoine seo airson spòrs soineanta"

"Mi!" ghlaodh an Spiorad.

"Chuirfeadh tu bacadh air an dòigh aca a bhith ag ithe biadh gach seachdamh latha, gu tric an aon latha as urrainn dhaibh a bhith ag ràdh gu bheil iad a' dìnnearachadh idir," thuirt Scrooge. "Nach bu chuirfeadh?"

"Mi!" ghlaodh an Spiorad.

"A bheil thu a' sireadh gus na h-àiteachan seo a dhùnadh air an Seachdamh Latha?" thuirt Scrooge. "Agus tha e a' tighinn gu an aon rud"

"Tha mi a' sireadh!" ghlaodh an Spiorad.

"Ma tha mi ceàrr, gabh mo leisgeul, Tha e air a dhèanamh ann an d' ainm, no co-dhiù ann an ainm do theaghlaich," thuirt Scrooge.

"Tha cuid a tha air an t-saoghal seo agaibh," fhreagair an Spiorad, "a tha ag iarraidh a bhith 'n a eòlach air sinn, agus a tha a' dèanamh a gniomhan de dh'àiteachan, pròis, droch-ruig, fuath, farmad, bigòtaireachd, agus fhèineachas ann an ainm sinn, a tha cho ainmichte dhuinn agus do gach duine eile againn, mar gum biodh iad air nach biodh iad beò idir. Cuimhnich sin, agus cuir an ciontachas aig a gniomhan orra fhèin, chan eilneinn sinn."

Gheall Scrooge gum biodh e; agus chaidh iad air adhart, gun fhaicinn, mar a bha iad roimhe, don bhailtean-margaidh. 'S e buidheann iongantach a bh' anns an Taibhse (a dh'fhaic Scrooge aig an taigh-bhàcais), ged a bha e mòr coltach ri fàrsan, gun fhiosrachadh gum faodadh e e fhèin a chur ri gach àite gu furasta; agus gu robh e a 'seasamh fo sgiath bheag cho àlainn agus mar chreatur os-nàdarra, mar a b' urrainn dha a dhèanamh ann an taigh mòr sam bith.

'S dòcha gun robh e na thoileachas a bha aig an Spiorad math a' sealltainn àirdeachd na comas seo aige, no 's dòcha gun robh e na dhuine còir, fialaidh, blàth-ghàireach aige fhèin, agus a chomhbhaisteadh le gach duine bochd, a thug e dìreach gu oifis an Chleric Scrooge; oir chaidh e an sin, agus thug e Scrooge còmhla ris, a' cumail ri a ròp; agus air tairbeart an doruis dh'fhoighnich an Spiorad, agus stad e gus beannachadh a thoirt air taigh Bob Cratchit le sguabadh a loisgte. Smaoinich air seo! Cha robh aig Bob ach còig-deug "Bob" gach seachdain dha fhèin; cha do phòcaich e ach còig-deug lethbhreac de a ainm Crìosdail air Disathairne; agus fhathast bheannaich Spiorad na Nollaig làraich a thaigh ceithir-seòmair!

An sin dh'èirich Mrs. Cratchit, bean Cratchit, a' coiseachd a-mach gun gu math ach ann an gùna a chaidh a thionndadh dà uair, ach bòidheach ann an ribinean, a tha saor agus a tha a' dèanamh taisbeanadh bòidheach airson sè pinginnean; agus chuir i an clòth air a' bhòrd, le cuideachadh bho Belinda Cratchit, an dàrna nighean aice, cuideachd bòidheach ann an ribinean; fhad 's a bha Maighstir Peter Cratchit a' stobadh forc anns a' phana de phràtaichean, agus a' faighinn cùinnean a chollar mòr èideadh (seilbh phrìobhaideach Bob, a chaidh a thoirt do dh' a mhac agus oighreach ann an urram an latha) a-staigh ann an a bheul, a' dèanamh gàire ri a bhith a' faicinn e fhèin glè snaidhleach, agus a' miannachadh a bhith a' sealltainn a lìneachd anns na Pàircean mòdaileach. Agus a-nis dhà Chratchit nas òige, gille agus nighean, a' tighinn a-steach gu h-èibhinn, a' sgalradh gun robh iad air an gèadh a mhosach ann an taobh a-muigh a' bhàicéir, agus aithneachadh mar an cèile dhaibh fhèin; agus a' goireasachadh ann am beachdan sohraidh de sage agus uinneag, dh'èibh iad mu choinneamh a' bhòrd, agus chuir iad Maighstir Peter Cratchit air mullach nan speuran, fhad 's a bha e (gun mhòrtas, ged a bha a challaran a' bualadh ris gu cruaidh) a' sèideadh na teine, gus an robh na pràtaichean mall a' plocadh suas, a' bualadh gu h-àrd aig cìochan na pana gus an robh iad air an leigeil a-mach agus an sgaineadh.

"Dè a tha riamh air do athair luachmhor an uairsin?" thuirt Mrs. Cratchit. "Agus do bhràthair, Tiny Tim! Agus cha robh Martha cho anmoch an latha Nollaig mu dheireadh le leth uair a thìde?"

"Seo Martha, a mhàthair!" thuirt nighean, a' nochdadh fhad 's a bha i a' bruidhinn.

"Seo Martha, a mhàthair!" ghlaodh an dà Chratchit òg. "Abair gàire! Tha geòidh cho mòr, Martha!"

"Carson, beannaich do chridhe beò, a ghràidh, cò ris a tha thu cho fadalach!" thuirt Màiri Cratchit, a' pògadh i dusan uairean, agus a' toirt dhith an t-siolag agus an bonaid dhi le dìoghrasdachd.

"Bha obair mhòr againn ri crìochnachadh a-raoir," fhreagair an nighean, "agus bha againn ri sgioblachadh a-mach madainn an-diugh, a mhàthair!"

"Uill! Na cuir dragh ort fhad 's a tha thu air tighinn," thuirt Mrs. Cratchit. "Suidh sìos romh an teine, a ghràidh, agus faigh blàths, Dia beannaich thu!"

"Chan eil, chan eil! Tha athair a' tighinn," ghlaodh an dà Chratchit òg, a bha a-muigh an àite sam bith aig an aon àm. "Falaich, Martha, falaich!"

Mar sin, chaidh Martha a chèilich agus thàinig beag Bob, an t-athair, a-steach le co-dhiù trì troighean de chomforter gun a bhith a' toirt an roghain cunntas, a' crochadh sìos roimhe; agus a chuid èideadh caol ceann-òigreachd air an ùrachadh agus air an sguradh, gus am bi iad freagarrach; agus Tiny Tim air a ghualainn. Ochòn airson Tiny Tim, bhathar a' giùlan crùbachan beag leis, agus bha a chuid freacaidean air an cumail suas le frèam iarainn!

"Carson, càite bheil ar Martha?" ghlaodh Bob Cratchit, a' coimhead mun cuairt.

"Chan eil a' tighinn," thuirt Mrs. Cratchit.

"Chan eil a' tighinn!" thuirt Bob, le lànachadh obann ann an ìoghnadh aige; air a shon sin, bha e air a bhith na each cruaidh aig Tim air fad bho na h-eaglaise, agus thàinig e dhachaidh agus e fo smachd. "Chan eil a' tighinn air Latha na Nollaig!"

Cha robh Martha toilichte a fhaicinn duilich, ma bhiodh e a-mhàin ann an fealla-dhà; mar sin thàinig i mach ro luath à cùl an dorais closaid, agus ruith i a-steach dha na gàirdeanan, fhad 's a bhruidhinn an dà Chratchit òg Tiny Tim, agus thug iad leotha e dhan taigh-nighe, gus am cluinneadh e an pudding a' seinn anns a' choprach.

"Ciamar a bha Tim beag a' giùlan?" dh'fhaighnich Mrs. Cratchit, nuair a bha i air Bob a thoirt air ais bho a chreideamh, agus Bob air a nighinn a ghabhail gu làn làidir a chridhe.

"Cho math ri òr," thuirt Bob, "agus nas fheàrr, Air dòigh, tha e a' faighinn smuaineanach, a' suidhe dar a aonain fhèin cho tric, agus a' smaoineachadh air na rudan as iongantach a chuala sibh riamh. Dh'inns e dhomh, a' tighinn dhachaigh, gun dòchas e gun do chunnaic na daoine e san eaglais, oir bha e na chripil, agus dh'fhaodadh e a bhith taitneach dhaibh a chuimhneachadh air Là Nollaig, cò rinn bochdainn lom coiseachd, agus fir dhall fhaicinn"

Bha guth Bob a 'crith nuair a dh'inns e seo dhaibh, agus chaidh e a chrith nas lugha nuair a thuirt e gu robh Tiny Tim a' fàs làidir agus fallain.

Chuala sinn a chrùn beag gnìomhach air an ùrlar, agus thill Tiny Tim mus deach facal eile a thuirt, air a chur air ais le a bhràthair agus a phiuthar gu a stòl roimh an teine;

agus fhad 's a bha Bob, a' tòiseachadh a chasan mar, a bhochd, gu robh iad comasach air a dhèanamh nas bochdaiche cuz isteach misean teòthach ann an cruach le gin agus leòmansan, agus stòirich e timcheall agus chuir e air a' hob chun a' choire; Thàinig Màighstir Peter, agus an dà Chratit òg a tha an còmhnaidh ann gu dìreach gu dìrich air am geòidh, leis an do thill iad gu luath ann an pròiseas àrd.

Chuir a leithid de bheothachd gu bheil thu air smaoineachadh gu robh geòidh an èun as ainle na h-uile eòin; làn-feathar ìongnadh, air a bheil eun dubh eala samhla bhall; agus gu dearbh bha e rudeigin glè coltach ris anns an taigh sin. Rinn Mrs. Cratchit an t-seòladh (deiseil ro làimh ann am pàna bheag) a' sìor phìobadh te; bhuail Maighstir Peadar na buntàta gu neartmhor; Mill Mùinteach Belinda an t-ùll-chùis; Nig Màiri na h-àrainnean te; Ghab Bob Tiny Tim ris anns an oisean beag aig a' bhòrd; suidhich na daoin' òga Cratchit càirdean airson a h-uile duine, gan dìochuimhneachadh fhèin, agus a' freagairt air a' phost aca, stapp iad spoons anns a' bheul, nach biodh iad ag èigheach airson geòidh mus tigeadh an turas aca a bhith cuideachta. Mu dheireadh thall chaidh na soithichean a chuir air, agus chaidh gràis a ràdh. Lean i le ùine shàmhach, le Mrs. Cratchit a' coimhead gu mall sìos air a sgian ghearradh, deiseil air a bhreab a tabhairt a-steach don bhroilleach; ach nuair a rinn i, agus nuair a thàinig an t-ìomall fianais a-mach, dh'èirich aon ghuth àghaidh timcheall air a' bhòrd, agus fiù 's Tiny Tim, air a bhrùideil leis na daoin' òga Cratchit, bhuail e air a' bhòrd le laimh a sgian, agus ghabh e acras gu freagach!

Cha robh a leithid de gheòidh riamh. Thuirt Bob nach robh e a' creidsinn gu robh a leithid de gheòidh air a chòcaireachd riamh. Bha a bogachd agus blas, meud is saorsa, na cuspairean iongantais uile-choitcheann. Le uachdaran-ùbhlan agus buntàtaichean mìosgaichte, bha e gu lèir gu leòr airson dìnnear an teaghlaich uile; gu dearbh, mar a thuirt Mrs. Cratchit le toileachas mòr (a' sgrùdadh gràn beag cnàimh air an trèan), cha robh iad air a h-uile càil a ithe aig deireadh thall! Ach bha gu leòr aig gach neach, agus gu h-àraid aig na Cratchits as òige, bha iad làn de shàthach agus uinnean suas gu an leòmhannan! Ach a-nis, le na trèanaichean air an atharrachadh le Miss Belinda, dh'fhàg Mrs. Cratchit an seòmar leatha fhèin ro eagalach a bhith a' faireachdainn fianais a thoirt suas agus a thoirt a-steach an dubhlainn.

Ma dh'fhalbhadh e nach deach a dhèanamh gu leòr! Ma dh'fhalbhadh e briseadh nuair a bhitear a' toirt a-mach e! Ma dh'fhalbhadh cuideigin tighinn thairis air balla a' ghèarraidh cùil, agus a' ghoid e, fhad 's a bha iad toilichte leis a' ghèadh - beachd aig an robh an dà Chratchit òg air an sgìth! Chaidh uile sheòrsaichean uamhasan a bhith air an smaoineachadh.

Hallo! Mòran de dhaoimh! Bha an taois mu dheireadh thall den chopr. Boladh coltach ri latha nigheadair! Sin an cloich. Boladh coltach ri taigh-bìdh agus bàcach aig an doras ri taobh a chèile, le nighean-dì aig an doras ri taobh sin! Sin an taois! Ann an leth mionaid, chaidh Mrs. Cratchit a-steach leis an taois, a' deargadh, ach a' gàire gu moiteil leis an taois, mar liath-chuilean breac, cho cruaidh agus làidir, a' losgadh ann an leth de lethquarter de brandaidh a tha air a lasadh, agus air a shealltainn le cuilean Nollaig a-steach anns an mhullach.

Och, broinn-iongantach! Thuirt Bob Cratchit, agus gu sàmhach cuideachd, gum b' e an t-àrd-choileanadh a chaidh a choileanadh le Mrs. Cratchit bho chaidh iad pòsadh a bha ann. Thuirt Mrs. Cratchit a-nis gun robh an cuideam às a ceann, gun innis i gun robh i air teagamh mu mhèud na min fhuine. Bha rudeigin ri ràdh aig a h-uile duine mu dheidhinn, ach cha do thubhairt no smaoinich duine sam bith gun robh e idir beag airson teagail mòr. Bhiodh e mar cheangal a dhiùltadh a leithid sin. Bhiodh aon Cratchit air a bharraich a' moladh mar an ceudna.

Aig deireadh thall, bha an dìnnear uile deiseil, an clò glanta, an teallach sweeped, agus na teine air a dhèanamh suas. Bha an comharran sa jug air a blasadh, agus air a smaointinn mar foirfe, chuireadh ùbhlan agus orainds air a' bhòrd, agus a shovelfull de chestnuts air na teine. An uairsin thàinig teaghlach uile Cratchit mun teallach, anns a' bha Bob Cratchit a 'gairm ciorcal, a ciallachadh leth aon; agus aig uillinn Bob Cratchit sheas an taisbeanadh teaghlaich de ghloinne. Dà thumblers, agus cup custard gun làrach.

Bha iad a' cumail an stuth teth bhon cruach, ge-tà, cho math 's a bhiodh goblaitean òir air; agus bha Bob a' freagairt le dealbhan taitneanaich, fhad 's a bha na chestnuts air an teine a' sgreadail agus a' builleadh gu h-àrd-guthach. An uairsin mhol Bob:

"Nollaig Chridheil dhuinn uile, a ghràidhean agam, Dia beannaich sinn!"

A bheil an teaghlach gu lèir air ath-chluich.

"Beannaich Dia sinn uile!" thuirt Tiny Tim, an duine mu dheireadh de na h-uile.

Shuidh e gu math dlùth ri taobh a athar air a stòl beag. Dh'fhaighnich Bob a làmh mheaganaich anns a làimh fhèin, mar gum b' eil leis an leanabh, agus ag iarraidh a chumail ri a thaobh, agus eagal aige gum faodadh a bhith air a thoirt bhuaithe.

"Spirit," thuirt Scrooge, le ùidh nach robh e riamh air faireachdainn roimhe, "innis dhomh ma bheir beatha do Tiny Tim"

"Chi mi suidheachan falamh," fhreagair an Tàcharan, "ann an cùil an teine, agus crann-làimhe gun ughdar, a' glèidheadh gu cùramach. Ma mhanas na dealbhan seo gun atharrachadh leis an Àm ri teachd, bidh an leanabh a' bàsachadh"

"Chan eil, chan eil," thuirt Scrooge. "O, chan eil, Spiorad còir! abair gu bheil e air a shàbhaladh"

"Ma bhios na sgàilean seo gun atharrachadh leis an Àm ri teachd, cha bhi neach eile den t-seòrsa agam," freagair an Taibhse, "a' lorg air an seo, Dè an uair sin? Ma tha e coltach gu bheil e a' dol a bhàs, 's fheàrr leis a dhèanamh, agus àsachadh an àireamh iomlan"

Chroch Scrooge a cheann gus na faclan aige fhèin a bheireadh an Spiorad air ais, agus bha e air a ghabhail le aithreachas agus le bròn.

"Duine," thuirt an Tàcharan, "ma tha thu na dhuine ann an cridhe, chan eil ann an cala, cuir stad air an seanchas olc sin gus an dèan thu eòlas air Dè an surplus a th' ann, agus Càite a bheil e. Am pàig thu co-dhùnadh dè na daoine a thèid beò, dè na daoine a bhios marbh? Dh'fhaodadh e a bhith, ann an sealladh Flathais, gu bheil thu nas gun luach agus nas lugha freagarrach gus beò a bhith na mìltean mar leanabh duine bochd seo. Oh Dia! a chluin an Duilleagan air a' dhuille a' pronnadh air a' bheatha ro mhòr eadar a bhràithrean acrach anns an ùir!"

Scrooge chrom mu choinneamh aithriseadh an Spioraid, agus a 'crathadh a chaidh a shùilean air an talamh. Ach thog e iad gu luath, air èisteachd le a ainm fhèin.

"Mr, Scrooge!" thuirt Bob; "Thèid mi a thoirt dhut Mr, Scrooge, Neach a' Chur air Dòigh na Feiste!"

"E neach stèidhich an Fhèill gu dearbh!" ghlaodh Mrs. Cratchit, a' deargachadh. "Tha mi ag ùrnaigh gun robh e an seo, bhiodh mi a' toirt dha pìos de m'inntinn gus an itheadh e, agus tha mi an dòchas gun robh gaileadh math aige airson a sin"

"Mo ghaol," thuirt Bob, "na clann! Là Nollaig"

"Bu chòir dha a bhith là na Nollaig, tha mi cinnteach," thuirt i, "far am bi duine a' òlas slàinte duine cho gràineil, cho bheaghan, cho cruaidh, cho neo-thostach ri Mr. Scrooge. Tha fios agad gu bheil, Robert! Chan eil duine eile a' fiosrachadh as fheàrr na a tha thu, a bhochdainn!"

"Mo ghràidh," was freagairt shìtheil Bob, "Latha na Nollaig"

"Òlaidh mi slàinte dha airson do shon-sa agus an Latha," thuirt Mrs. Cratchit, "ach chan e airson aige, beò-shlàinte dha! Nollaig chridheil agus bliadhna mhath ùr! Bidh e gu math sunndach agus gu math sona, tha mi cinnteach gun teagamh!"

Dh'òl na clann an tòst às dèidh aice. 'S e seo a' chiad gnìomh aca nach robh làn de dhìochuimhnich. Dh'òl Tiny Tim e mu dheireadh, ach cha robh e a' cur duilich air. B' e Scrooge am Biast grànda den teaghlach. Chuir iomradh air a ainm sgàil dorcha air a' phàrtaidh, nach robh air a sguabadh airson còig mionaidean slàn.

An dèidh dha seachnadh, bha iad deich uairean nas sona na roimhe, on relief lamhach a-mhàin de Scrooge the Baleful a bhith deiseil leis. Dh'inns Bob Cratchit dhaibh ciamar a bh' aige suidheachadh anns a shealladh airson Màighstir Peter, a bhiodh a' toirt a-staigh, mas fhaigheadh e, còig is sia sgillinn a h-uile seachdain. the young Cratchits gu mòr aig a' smaoineachadh gun biodh Peter na dhuine gnìomhachais; agus sheall Peter gu smuaineachail air an teine eadar a chollaran, mar gun robh e a' beachdachadh air dè àiteachan sònraichte a bhiodh e a' tairgsinn nuair a chuir e a fhois dhan teachd-a-steach mì-chinnteach seo. Dh'inns Martha, a bha na deugaire bochd aig bannal is a' dèanamh adhartais, dhaibh an uairsin dè seòrsa obair a bha aig aice ri dhèanamh, agus cia mheud uair a bha i a' obrachadh gun stad, agus ciamar a bha i a' ciallachadh a bhith a' leabaidh a-màireach madainn airson fois fhada; a-màireach a' dol thairis aig an taigh. Mar sin cuideachd ciamar a chunnaic i ban-diùc is mòrach cuid de làithean roimhe, agus ciamar a bh' aig an tighearn "mu choltas cho ard ri Peter;" aig a bheil Peter a' togail a còmar mar sin gu h-ard nach fhaicinn thu a cheann nam biodh thu an sin. Uile an ùine seo chaidh na castanaichean agus am buideal mun cuairt agus mun cuairt; agus aig an deireadh bha iad a' seinn oran, mu leanabh caillte a' siubhal anns a' chuidhe, bho Tiny Tim, aig an robh guth beag brònach, agus sheinn e glè mhath fhèin.

Cha robh dad de sheòrsa àrd ann an seo. Cha robh iad na teaghlach àlainn; cha robh iad air a ghlèidheadh gu snog; bha an sgiòthan fad às a bheil uisge-dhìonach; bha an aodaich gann; agus dh'fhaodadh Peter a bhith eo eòlach, agus gu math cinnteach a bhith, air còmhdach brocaire. Ach, bha iad toilichte, taingeil, toilichte le chèile, agus toilichte leis an àm; agus nuair a dh'fàs iad, agus a choimhead nas toilichte fhathast anns na sgrògain soilleir de lochran an Spioraid aig deireadh, bha sùil Scrooge orra, agus gu h-àraidh air Tiny Tim, gus an deireadh.

Aig an àm seo, bha e a' dorcha agus a' cur seachad gu snog; agus fhad 's a bha Scrooge agus an Spiorad a' dol seachad an sràidean, bha soilleireachd nan teine mòra a' sgaoileadh teas anns na cistinean, seòmraichean-sòisealta, agus seòmraichean a h-uile seòrsa, na dhìth. An seo, bha flickering an teine a' sealltainn ullachaidhean airson dìnnear còmhla, le plated teth a' bàc gu làidir mu choinneamh an teine, agus curtainean dearg domhainn, deiseil gus a bhith air an tarraing gus an dorcha agus an fhuachd a dhìon. An sin, bha gach pàiste den taigh a' ruith a-mach don t-sneachd gus coinneachadh riutha peathraichean pòsta, bràithrean, co-oghaichean, unclan, aunties, agus a bhith na chiad neach a' fàilteachadh orra. An seo, a-rithist, bha sgeapa air blinds na h-uinneige de dh'aoighean a' tighinn còmhla; agus an sin, bha buidheann de nigheanan àlainn, a h-uile duine aca fo chòta fionnaidh agus bootan, agus a h-uile duine aca a' cabadaich aig an aon àm, a' tripping gu àrd-chridheach gu taigh some neighbour a tha faisg air; far am bheil, furtairt air an duine leis fhèin a chunnaic iad a-steach na bana-bhuidseachan saoireil, tha iad fhèin eòlach air ann an soillearachd!

Ach, nam biodh thu air breithneachadh airson àireamhan dhaoine air an rathad gu cruinneachaidhean càirdeil, dh'fhaodadh tu a bhith air smaointeachadh nach robh duine sam bith aig an taigh gus fàilte a chur orra nuair a ràinig iad, seach gach taigh a' dùil ri cuideachd, agus a' cruinnichadh a teine gu leth-chimilear àrd. Beannachdan air, ciamar a bha an Tàlaidh a' deanamh gàirdeachas! Ciamar a dh'fholais e a leudachadh ciùil, agus a dh'fhosgail e a làmh fharsaing, agus a' sgòthachadh air adhart, a' toirt a-mach, le làmh fhialaidh, a gàire soilleir agus gun chron sam bith air a h-uile rud a bha nar n-innis! An neach a bha a' lasadh na làmpaichean fhèin, a bha a' ruith air adhart, a' bualadh na sràide dorcha le fleagan de sholas, agus a bha air a chur ri dheagh chulaibh gus an oidhche a chur seachad àiteigin, gàire gu h-àrd mar a dh'fhalbh an Spiorad, ged nach robh fios aig an neach-lasaidh làmpaichean gu robh cuideachd sam bith aige ach Nollaig!

Agus a-nis, gun focal de rabhadh bhon Taibhse, bha iad a' seasamh air a' mhòintich garbh falamh, far robh mòr-chuid de chlachan garbh air an tilgeil mu cuairt, mar gum biodh an làraich adhlacadh nan fàmhair ann; agus bha uisge a 'sgapadh fèin far an robh e airson, no bhiodh e air a dhèanamh, ach airson an reothairt a chum e prìosnaich; agus cha robh a 'fàs ach còinneach agus fiz, agus feur garbh. Sìos anns an iar bha greine dol fodha air fàgail rian de dhearag teine, a dhìoladh air an fàsach airson greis, mar shùil gruama, agus a 'stiùireadh nas ìsle, ìsle, ìsle fhathast, chaill e ann an dubhar trom na h-oidhche duibhe.

"Dè an àite a tha seo?" dh'fhaighnich Scrooge.

"Àite far a bheil Mionaidairean a' fuireach, a tha ag obair anns na spàgan a' talaimh," fhreagair an Spiorad. "Ach tha iad a' aithneachadh mi, Seall!"

Dh'fhalbh solas bhon uinneag aig both, agus gu luath chaidh iad a-steach dhan a sin. A' dol seachad air balla de mhadainn agus clach, lorg iad comann sona cruinn mun teine blàth. Duine aosta, aosta agus bean, leis an clann agus clann an clainn, agus ginealach eile air an dàrna taobh, uile gu sona san dèideadh-saora. Seinn am bodach, le guth nach èirich thar fuaim nan gaothan air an fàsach lom, òran na Nollaige dhaibh; bha e na òran sheann nuair a bha e na bhalach agus bho àm gu àm thigeadh iad uile a-steach don choruis. Mar sin fèin, mar a dh'èireadh iad an cuid guthan, thigeadh am bodach gu sona agus àrd; agus cho cinnteach 's a stadadh iad, thuit a neart a-rìs.

Cha do fhan an Spiorad an seo, ach dh'òrdaich e do Scrooge a chasag a ghlacadh, agus a' dol seachad os cionn a' mhònaidh, luathaich càite? Chan eil gu muir? Gu muir. Gu uabhas do Scrooge, a' coimhead air ais, chunnaic e an t-ìre mu dheireadh, raon uamhasach de chlachan, an deidhinn; agus bha a chluasan balbh le fuaim na h-uisge, mar a ròlladh agus a ruigeil, agus a ràinig am measg na uaimhean uamhasach a bha e air a ghiùlan, agus rinn e feuchainn gu fiadhaich gus an talamh a mhilleadh.

Air a thogail air cnocan dubh de chlachan-bhàite, beagan lìog no mar sin bho chladach, air am biodh na huisgeachan a' sgilgeadh agus a' bualadh, fad na bliadhna fhiadhaich, bha taigh-solais aonaranach ann. Bha carmchnapan de feamainn a' buthachadh ri a bhun, agus bha eòin-stoirme - rugadh leis a' ghaoth, faodaidh tu a radh, mar a bha a' fheamainn leis an uisge - ag èirigh is ag ìsleadh mu thimchioll air, mar na tonnan a bha iad a' sgèith.

Ach fiù 's an seo, dh'fhosgladh dà fhear a bha a' coimhead air an solas teine, a dh'fhalbh tro an beul-aithris ann an balla cloiche tìor, ag ùrachadh solas sona air an fairge uamhasach. Ag atharrachadh an làmhan grodach thairis air an bòrd gairbe air am b' àbhaist iad suidhe, dh'ùrnaig iad sonas na Nollaig dha chèile anns an tiona grog aca; agus fear dhiubh: an seannachan, cuideachd, le a aghaidh uile niortach is sàrchte le droch shìde, mar a bhiodh ceann-ìomhaigh seann long: thòisich e òran treun a bh' ann mar Gàidheal fèin.

A-rithist, sgìth an Tàcharan air, os cionn a' mhuir duibh is olc a' dìreadh air, air, air gus an robh iad fad às, mar a dh'innis e do Scrooge, bho chidhe sam bith, thàinig iad gu soithich. Sheas iad ri taobh an stiùiriche aig an stiùir, an neach-faire san stiuir, na h-oifisichean aig an fhaire; òrainn dubha, bòidheach ann an stèiseanan iad fhèin; ach gach duine am measg an dà chuid rinn òran Nollaig, no smaoinich air rud sam bith a thaobh na Nollaige, no labhair fo a anail gu a chàirdean mu Latha Nollaig a dh'fhalbh, le dòchasan dachaigh a' buntainn ris. Agus gach duine air bòrd, a' dùsgadh no a' cadal, math no dona, bha facal nas càirdeile aige airson fear eile air an latha sin na air latha sam bith eile anns a' bhliadhna; agus roinn e gu ìre sam bith ann an fèilltean; agus cuimhnich e air na daoine a bha dha a' cùram aig astar, agus dh'fhios aige gu robh iad toilichte a chuimhneachadh air.

B' e iongnadh mòr do Scrooge, fhad 's a bha e ag èisteachd ri brosnachadh nan gaoithe, agus a' smaoineachadh dè cho ùidh a bh' ann a bhith a' gluasad air adhart tro dorchadas uaigneach thar doimhneachd nach eil eòlach, a bheil doimhnichean cho dìomhair 's a tha Bàs: b' e iongnadh mòr do Scrooge, fhad 's a bha e mar sin, cluinntinn gàire làidir. B' e ìocshlaint mòr a bharrachd do Scrooge aithneachadh mar gàire a nèachd fhein agus a lorg e fhèin ann an seòmar soilleir, tioram, lonraichte, leis an Spiorad a' seasamh le gàire aige ri a thaobh, agus a' coimhead air an nèachd ceudna le glèidhteachas aontaichte!

"Ha, ha!" ghàire Neadhphaisc ùr Scrooge. "Ha, ha, ha!"

Ma thachras tu, le cothrom nach eil coltach, gu bheil thu eòlach air duine a tha nas sona le gàire na bràthair-cèile Scrooge, chan eil ach aon rud agam ri ràdh, bu toil leam aithne a chur air cuideachd. Thoir e orm, agus cuiridh mi ri aithne.

'S e crìoch chothromach, fiar, uasal a th' ann, gus an tàinig galair agus duilgheadas, chan eil rud sam bith sa t-saoghal cho tarraingeach-ghalair ri gàire agus deagh-humh. Nuair a gharich neach-gàidhlig Scrooge mar seo:

a' cumail a thaobhan, a' cuairteachadh a chinn, agus a' casadh a aghaidh gu toraidhean as eòlach: gharich bean-chèile Scrooge cho làidir ris. Agus caraidan cruinnichte aca, chan eil iad idir air cùl, ag èibh gu làidir.

"Ha, ha! Ha, ha, ha, ha!"

"Thuirt e gum biodh Nollaig na sealladh, mar a tha mi beò!" ghlèidh mac-bhràthar an Scrooge. "Chreid e sin cuideachd!"

"Tuilleadh nàire air, Fred!" thuirt neachd Scrooge, le corraich. Beannaich na mnathan sin; cha dèan iad gnothach sam bith le leth. Tha iad an-còmhnaidh dà-rìribh.

Bha i glè àlainn: an-àlainn gu dearbh. Le aodann shoilleir, iongantach a' coimhead; beul beag stuama, a bha coltach ris an robh i air a dhèanamh airson a phògadh mar a robh e gun teagamh; gach seòrsa de dotan math beaga mu a sgiathan, a bha a' leaghadh a-steach a chèile nuair a bha i a' gàireachdainn; agus am pair as grianach de shùilean a chunnaic tu riamh ann an ceann beag cruth-cainninta sam bith. Gu lèir, bha i na rud a b' abhaist dhut riaghladh, tha fios agad; ach sàsail cuideachd. Oh, gu tur sàsail.

"Tha e na shean duine èibhinn," thuirt mac-bhràthair Scrooge, "sin an fhirinn: agus chan eil e cho toilichte 's a dh'fhaodadh e a bhith. Ge-tà, tha peanasan nan eucoirean aige fhèin, agus chan eil càil agam ri ràdh an aghaidh."

"'S cinnteach gu bheil e gu math beartach, Fred," mhothaich nìon Scrooge. "Co-dhiù, bidh tu a' dol àithris orm sin an-còmhnaidh"

"Dè mu sin, a mhuirn!" thuirt neach-dìola an t-Sruig. "Cha bhi a mhaoin aige a' cur feum dha idir. Cha nì e math sam bith leis. Chan eil e a' dèanamh lethnachadh dhèidhinn fhèin leis. Chan eil e a' faighinn toileachas a' smaoineachadh ha, ha, ha! gu bheil e a-riamh a' dol a bhiodhbh a' cur sochar airson SIN leis."

"Chan eil mi leis aige idir," thuirt nighean Scrooge. Dh'aontaich peathraichean nighean Scrooge, agus a h-uile mnà eile, leis an beachd chèin.

"Ò, tha mi!" thuirt mac-bhràthair Scrooge. "Tha mi duilich air a shon; cha b'urrainn dhomh a bhith càirdeach air ged a bhiodh mi a' feuchainn. Cò a tha a 'fulang leis a mheanglan droch! E fhèin, an-còmhnaidh. An seo, tha e a 'gabhail a-steach do a cheann gu caran sinn, agus cha tig e agus bidh e a' dìnnear againn. Dè an toradh? Cha chaill e mòran dìnnear"

"Gu dearbh, tha mi a 'smaoineachadh gu bheil e a' call dìnnear glè mhath," thog scamail nighean neachgairm Scrooge. Thuirt a h-uile duine eile an aon rud, agus feumaidh cead a bhith aca a bhith na breitheamhan comasach, oir bha iad dìreach air dìnnear a ghabhail; agus, leis an trìd agus an deireadh air a' bhòrd, bha iad cruinnichte mun teine, le solas a 'lochraidh.

"Ma tha! Tha mi gu math toilichte cluinntinn," thuirt mac-pheathar Scrooge, "o chionn 's nach eil mòran creideis agam anns na ban-tighearnaichean òga, Dè thuirt thu, Topper?"

Bha Topper gu soilleir air a shùil a chuir air aon de na piuthran aig nighean bhràthair Scrooge, oir fhreagair e gun robh bachelor na ìomhaigh bochdais, nach robh cead aige beachd a thogail air an cuspair. Aig a bheil piuthar nighean bhràthair Scrooge, an te sa phlump leis an tucker àigh: chan e an te leis na ròsan a bha a' deargadh.

"Lean air adhart, Fred," thuirt nighean Sheumais, a' basgadh a làmhan. "Cha nàrach e idir deireadh a chuir ri na tha e a' toiseachadh ri ràdh! Tha e na aonad cho dona!"

Bha neach-gàidh Scrooge a' gabhail tlachd an deidh gàire eile, agus o bha e do-dhèanta a' galair a chumail air falbh; ged a rinn a' phiuthar reamhar iomairt mhòr maille ri fìon-sùgh; lean gach duine gu dùrachdach eisimpleir.

"Cha robh mi ach a 'dol ri ràdh," thuirt mac-pheathar Scrooge, "gu bheil an toradh air a bhith a' cuir às dhuinn, agus nach eil e a 'dèanamh gàire rinn, mar a tha mi a' smaoineachadh, gu bheil e a 'caillidh beagan mòmantean taitneach, nach urrainn dha cron sam bith a dhèanamh air. Tha mi cinnteach gu bheil e a 'caillidh com-pàirtichean nas taitneaiche na faodaidh e lorg ann an smuaintean fhèin, ann an oifis sean mheudach aige, no ann an seòmraichean staoin. Tha mi a 'ciallachadh an cothrom a thoirt dha gach bliadhna, ma tha e toilichte leis no nach eil, oir tha truas agam air. Faodaidh e sgàileadh air Nollaig gus an gabh e bàs, ach chan urrainn dha smaoineachadh nas fheàrr air, tha mi a 'dol an aghaidh ma lorgas e mi a' dol an sin, ann an deagh aoigheachd, bliadhna an dèidh bliadhna, agus ag ràdh Uncle Scrooge, ciamar a tha thu? Ma tha e a 'cur ann an cruth e a' fàgail ciad punt dha chuid bochdainn, sin rud; agus tha mi a 'smaoineachadh gu robh mi a' cur crathadh air an-dè "

Bha e an turas aca a-nis gàire a dhèanamh air a' bheachd gum biodh e a' crathadh Scrooge. Ach a bhith gu tur math-dhèanta, agus nach robh iad gu mòr a 'sparradh dè a bha iad a' gàire a dhèanamh, cho fad 's gu robh iad a' gàire co-dhiù, bha e a 'toirt misneachd dhaibh ann an cridheil, agus a' pasadh an stòir gu sòlasach.

An dèidh an tì, bha ceòl aca. Oir b' e teaghlach ciùil a bh' ann, agus bha fhìor eòlas aca air na bha iad a' dèanamh, nuair a sheinneadh iad Glee no Catch, 's urrainn dhomh a bhith cinnteach dhuibh: gu h-àraidh Topper, a b' urrainn dha a mheanganachadh anns a' bhass mar fhear math, agus nach àrdaicheadh e na feòil mòra anns a' bheul-ceann aige, no gun tigeadh aodann ruadh air leis. Sheinneadh niece Scrooge gu math air a' chlàrsach; agus sheinneadh i am measg fonnan eile a' chiùil shìmplidh, ùil (gun rud sam bith: dh' fhaodadh tu ionnsachadh a' feadaireachd dha ann an dà mhionaid), a bha ainmichte don leanabh a thug Scrooge bho an sgoil-àraich, mar a bha e air a chuibhleachadh leis a' Bhòidhchead Nollaig aig an am. Nuair a chualas an strì de cheòl seo, thàinig na rudan uile a thaisbeanadh an t-Òidhche air inntinn; bha e a' bogadh nas bog nas bog; agus smaoinich e ma b' urrainn dha èisteachd ris gu tric, bliadhnaichean air ais, dh'fhaodadh e a bhith air cultadh na bhaileantasan beatha airson a shona fhèin leis na làmhan fhèin, gun deachadh e gu spaid an t-seòlaire a chuir Jacob Marley anns a' pholl.

Ach cha do chuir iad an comhair an oidhche uile gu ceòl. An dèidh ùine, chluich iad gealltanais; oir tha e math a bhith na clann uaireannan, agus chan eil e na b' fheàrr na aig àm na Nollaig, nuair a bha a stèidhiche mòr na leanabh fhèin. Stad! Bha geama a' chiad dol aig dallan a' bhobh. Gu cinnteach robh. Agus chan eil mi creidsinn gu roinneach gu robh Topper dall dha-rìribh na creid mi gun robh sùilean aige anns na bùtan aige. 'S e mo bheachd, gun robh e na rud a chaidh a dhèanamh eadar e fhèin agus nìghneach Scrooge; agus gun robh Fìor dhe Nollaig an Làthair eo e. An dòigh a chaidh e an dèidh a 'phiuthar mhòr sa bhroinneal, bha e na nàire air creideas dhaonna. A 'bualadh na h-airm fiar, a' tumbleadh thar na cathraichean, a 'bumping an aghaidh a' phìanò, a 'bhaisteadh e fhèin am measg na cuirtin, càite a chaidh i, chaidh e! Bha e a 'fiosrachadh càite a bha a' phiuthar mhòr aig gach àm. Cha bhiodh e a 'gabhail duine sam bith eile. Ma bha thu air tuiteam suas an aghaidh (mar a rinn cuid dhiubh), air adhbhar, bhiodh e air feint a dhèanamh de dh'fheuchainn ghabhail ort, a bhiodh mar neo-mheas air do thuigse, agus bhiodh e air dol dibhe air feadh na piuthar mhòr. Tha i gu tric ag ràdh nach robh e cothromach; agus chan robh e dha-rìribh. Ach nuair a bha e, aig an deireadh thall, ghabh e i; nuair a, a dh'aindeoin a h-uile broinn aice agus a flèistean luath seachad air, fhuair e i ann an cùil a bha gun teicheadh; an uairsin bha a iomghaoir aig a 'mhòr-chuid. Airson nach robh e a 'pretending a bhith a' aithneachadh i; bhith a 'pretending gur e a bh' ann a bhith a 'bualadh a h-èideadh cinn, agus cuideachd a chur na ceart aige air a h-aithne le bhith a' brùthadh iomhaire sonrach air a fàl, agus slabhradh sonrach air a muineal; bha e vile, monstrously! Chan eil teagamh nach deach i a ràdh dha a bheachd fhèin air, nuair a bha blindman eile ann an oifis, bha iad cho uabhasach còmhla ri chèile, air cùl na cuirtin.

Cha robh nìc Scrooge na dhuine de phàrtaidh blindman's buff, ach chaidh a dhèanamh cofhurtail le cathair mhòr agus stòl troigh, ann an cùil ùr, far robh an Taibhse agus Scrooge dìreach air a cùlaibh. Ach ghabh i pàirt anns na gainntean, agus gràidhich i gràdh gu mhòr leis a h-uile litir den alphabet. Mar an ceudna aig an geama de How, When, and Where, bha i air leth mòr, agus gu dìleas sòlas nieachd Scrooge, bhuail i a peathraichean gu làn: ged robh iad cuideachd mar chailleachan glic, mar a dh'fheuchadh Topper riut a innse. D'fheuchadh gu bheil fichead duine an sin, òg is sean, ach chluich iad uile, agus rinn Scrooge cuideachd; airson a bhith a 'dìochuimhneachadh gu tur ann am ùidhean a bha aige anns a bh' a 'tachairt, gun robh a ghuth a' dèanamh fuaim sam bith ann an cluasan, thàinig e a-mach uaireannan leis a thomhas gu cinnteach, agus a dh'ionnsaich e gu tric gu dìreach, cuideachd; airson nach robh an t-snàth mhionaidich as geur, Whitechapel as fheàrr, barantaichte nach gearradh a sùil, nas geur na Scrooge; mall mar a ghabh e ann a cheann a bhith.

Bha an t-Seòbhaige mòran toilichte e a lorg san suidheachadh seo, agus choimhead e air leis an seòrsa grèim, gum b' fheudar dha a' iarraidh mar bhalach gum faodadh e fuireach gus an robh na h-aoidhean air falbh. Ach thuirt an Spiorad nach robh sin comasach.

"Seo geama ùr," thuirt Scrooge. "Leth uair a thìde, Spiorad, aon a-mhàin!"

Bha e na Geama air a bheil Seadh agus Chan eadh, far an robh ri cuidich Scrooge a' smaointeachadh air rudeigin, agus bha air còrr an t-sluaigh fhàgail a-mach dè; a-mhàin a' freagairt do na ceistean aca seadh no chan eadh, mar a bha a' chùis. Grunn cheistean fuileach a dh'fhosgail e, ag innse dhaibh gu robh e a' smaointeachadh air beathach, beathach beò, beathach bochd am beachd, beathach fioraineamh, beathach a ghrònadh agus a mhranadh uaireannan, agus a bhruidhinn uaireannan, agus a bha a' fuireach ann an Lunnainn, agus a' coiseachd mun na sràidean, agus nach deach a dhèanamh na thaisbeanadh, agus nach do thug duine sam bith stiùireadh air, nach robh a' fuireach ann an gàrradh-bheathaichean, agus nach deach a mharbhadh ann an margadh riamh, agus nach robh e na each, no na asal, no na bò, no na tarbh, no na tìgear, no na cù, no na muc, no na cat, no na mathan. Air gach ceist ùr a chaidh a chur air, bha an neach-cuideachaidh seo a' sèideadh gu tur ùr de gàire; agus chuir e cho mòr ri gàire, 's gun do rinn e èirigh a-mach à sèithirean agus buail. Mu dheireadh thall, bha a' phiuthar shaile, a' còrdadh ri staid coltach, agus dh'èigh i:

"Tha mi air a lorg a-mach! Tha fhios agam dè th' ann, Fred! Tha fhios agam dè th' ann!"

"Dè tha sin?" ghlaodh Fred.

"'S e do h-Uncail Scrooooge a th' ann!"

'Na b' e gu cinnteach. B' e iomain a' mhòr-chuid, ged a chuir cuid a-mach gun robh am freagairt air "A bheil e math?" a bhith "Tha;" o chionn 's gu robh freagairt diùltach gu leòr airson smaointean a chuir air falbh bho Mr. Scrooge, supposing iad a-riamh a bhith air an dòigh sin.

"Tha e air tòrr spoirt a thoirt dhuinn, tha mi cinnteach," thuirt Fred, "agus bhiodh e neo-bhuíoch gun òl slàinte dha, Seo glainne de fhìon dearg deoch-spoirt deiseil dhuinn aig an àm seo; agus tha mi ag ràdh, 'Uncle Scrooge!'"

"Ma-thà! Ancaid Scrooge!" ghlaodh iad.

"Nollaig Chridheil agus Bliadhna Mhath Ùr don duine sean, ge b'e dè tha e!" thuirt nìghnean Scrooge. "Cha do ghabh e bho m' dheòin, ach 's dòcha gun gabh e, ge bith dè. Uncail Scrooge!"

Bha Ancair Scrooge air do dh'fhalbh cho sona is aotrom a chridhe, gun d'fhàg e an com-pàirtidh gun fhios aca airson freagairt, agus gun robh e airson taing a thoirt dhaibh le òraid nach cluinnte, nam biodh an Spiorad air ùine a thoirt dha. Ach chaidh an t-sealladh uile seachad le anail an fhacail mu dheireadh a thuirt a nighnean-ceile; agus bha e agus an Spiorad air an turas a-rithist.

Chunnaic iad mòran, agus chaidh iad fada, agus thadhail iad air mòran dhachaidhean, ach an-còmhnaidh le deireadh sona. Sheas an Spiorad ri taobh leapaidean tinn, agus bha iad sòlasach; air tìrean cèin, agus bha iad dlùth dachaigh; le fir a' strì, agus bha iad foighidneach ann an dòchas aca mòr; le bochdainn, agus bha e beartach. Ann an taigh na bochd, ospadal, agus prìosan, ann an gach tearmann a bha ann don tursachd, far nach robh duine beag ann an cumhachd bheag aige air dùnadh an doras, agus a sheachnadh an Spiorad a-mach, dh'fhàg e a bheannachd, agus theagaisg e a dhleastanasan do Scrooge.

Bha e na oidhche fhada, mura robh e ach oidhche; ach bha amhras aig Scrooge air seo, oir chòrd na h-Ùidhean Nollaig a bhith air an tional gu ìre sa tìm a chaidh seachad còmhla. Bha e aonrach, cuideachd, gu bheil Scrooge fhathast gun atharrachadh ann an cruth a-muigh, ach dh'fhàs an Tàcharan nas sine, gu follaiseach nas sine. Bha Scrooge air an atharrachadh seo fhaicinn, ach cha do labhair e riamh air, gus an do dh'fhàg iad pàrtaidh Oidhche Bhliadhn' Ùire na cloinne, nuair, a' coimhead air an Spiorad mar a sheas iad còmhla ann an àite fosgailte, dh'fheuch e gu robh a fhalt liath.

"A bheil beathaichean spiorad cho goirid?" dh'fhaighnich Scrooge.

"Tha m' bheatha air an t-saoghal seo, glè ghoirid," fhreagair an Taibhse. "Crìochnaicheas e an nochd"

"An nochd!" ghlaodh Scrooge.

"An nochd aig meadhan-oidhche, Èist! Tha an t-àm a' tighinn dlùth"

Bha na cainntean a' bualadh na trì ceathramaichean seachad air a h-aon deug aig an àm sin.

"Ma tha mi dìreach, tha mi a 'gabhail mo leisgeul," thuirt Scrooge, a' coimhead gu dùr aig còta na Spioraid, "ach tha mi a 'faicinn rudeigin a tha eòlach, agus nach eil a' buntainn riut fhèin, a' tighinn a-mach às do sgèirean. A bheil e cas no spòg?"

"Dh'fhaodadh e a bhith na chraobh, airson an fheòil a tha air," bha freagairt broinn an Spioraid. "Coimhead an seo"

O na filltean aig a chasag, thug e a-mach dà leanabh; goirteach, ìosal, uabhasach, grànnda, mì-thoileach. Dh'ùrnaich iad aig a chasagan, agus dh'fhang iad air a-muigh de a chasag.

"Ò, Dhuine! coimhead an seo, Coimhead, coimhead, a-nuas an seo!" ghlaodh an Tàcharan.

Bha iad na gille agus nighean. Buide, tana, strìochdail, cronach, mactalla nan madadh-allaidh; ach cuideachd tuiteil ann an umhlachd. Far am bu chòir do dh'òigridh àlainn a dhol a-steach gu pailt do gach feart, agus a bhith a' cur barrachd dealain orra, bha làmh sheargta is tais, coltach ri làmh na h-aosda, air iad a bhrùthadh, agus strìochdadh, agus dhol gu criosan. Far am faodadh aingealan a bhith na shuidheachadh air a' chrùn, bha diathan a' gabhail fois, agus a' sùil craicionnach. Chan eil atharrachadh, chan eil mì-ghnìomh, chan eil eucoir sam bith an aghaidh duine, ann an suidheachadh sam bith, tro gach dìomhaireachd den chruthachadh iongantach, a tha le monstairean leis an eagal agus an uabhas leis a bheil a leithid.

Thòisich Scrooge air ais, air bhoilich. A 'faighinn iad air an sealltainn dha mar seo, dh' fheuch e ri ràdh gu robh iad na clann sgoinneil, ach thug na faclan iad fhèin, seach a bhith na phàrtaidhean gu breug cho mòr.

"Spiorad! an iad leat-sa?" Cha b' urrainn do Scrooge beachd a thoirt air tuilleadh.

"Tha iad aig Duine," fhreagair an Spiorad, a' coimhead sìos orra. "Agus tha iad a' ceangal rium, a' tighinn orm bho na h-athraichean aca. Tha an gille seo na Neò-eòlas. Tha an nighean seo na Gort. Thoir an aire dhàibh bhith dìreach, ach tha an aire as motha a th' agad dhà seo, on tha mi a 'faicinn anns a bhròg aige a' sgrìobhadh a tha mar Dhoom, mura tèid an sgrìobhadh a sguabadh às. Diùlt e!" ghlaodh an Spiorad, a 'sìneadh a làimh dhè mu dheireadh na cathrach. "Milleadh iad sin a tha ag innse dhut e! Geall e airson do chuspairean deighinn, agus dèan am fodha e. Agus fuirich gu deireadh!"

"An eil dìon no goireas sam bith aca?" ghlaodh Scrooge.

"Nach eil prìosanan ann?" thuirt an Spiorad, a' tionndadh air a h-aon airson an turas mu dheireadh leis na faclan aige fhèin. "Nach eil taighean-obrach ann?"

Bhuail an clag dà-dheug.

Bha Scrooge a' coimhead mun cuairt airson an Taibhse, agus cha do chunnaic e e. Nuair a stadadh an buille mu dheireadh ri crith, bha e a' cuimhneachadh air an tòiseachadh aige le seann Jacob Marley, agus a' togail suas a shùilean, chunnaic e Taibhse bagrach, criosailte agus còmhdaichte, a' tighinn, mar cheò air a' talamh, iad a' dol an comhair e.

Chapter 4

AN DEIREADH DE NA SPÌORADAN

Thàinig am Bòcan gu slaodach, gu sòbhrach, gun fhacal. Nuair a thàinig e dlùth dha, dh'fhuirich Scrooge sìos air a ghlùn; oir anns an adhar fhèin tro am buail an Spiorad seo, bha coltas nach robh ann ach dorcha is dìomhaireachd a sgaoileadh.

Bha e air a chumail fo ghoileasan dubh domhain, a chaidh a cheann, a aghaidh, a chruth, a fhàgail gun fhaicinn ach aon làmh a bha air a sìneadh a-mach. Ach airson seo bhiodh e doirbh a dhiùltadh bhon oidhche, agus e a sgaradh bhon dorchadas a bha mu cuairt air.

Bha e a 'faireachdainn gu robh e àrd agus uasal nuair a thàinig e ri a thaobh, agus gu robh a làthaireachd dìomhair a' lìonadh e le eagal sònraichte. Cha robh e a 'fios aige tuilleadh, oir cha do labhair na dh' gluasad an Spiorad.

"A bheil mi ann an làthair Spiorad Nollaig a Tha Ri Teachd?" thuirt Scrooge.

Cha do fhreagair an Spiorad, ach shònraich e air adhart le a làmh.

"Tha thu a' dol a shealltainn dhomh sgàilean de na rudan nach deach a thachairt, ach a thachairt anns an àm roimhe sin," lean Scrooge. "A bheil sin mar sin, Spiorad?"

Chaidh an cuid as àirde den aodach a shìneadh airson greis anns na h-easain, mar gum biodh an Spiorad air a chionn a chur suas. Sin an aon fhreagairt a fhuair e.

Ged robh e cleachdte ris cuideachd taibhseil aig an àm seo, bha eagal air Scrooge ro an cruth sàmhach sin cho mòr 's gun robh a chasan a' crith fo, agus fhuair e nach robh e comasach air seasamh nuair a bha e deiseil gus a leanail. Dh'fhuirich an Spiorad mionaid, mar a' faicinn a staid, agus a' toirt dha ùine gus ath-thòiseachadh.

Ach bha Scrooge na bu mhòr airson seo. Bha e a' crathadh le eagal do-chrìochnaichte, gun fhios aige, gu robh sùilean taibhseach a 'cur sùil rùin air, ged a bhiodh e fhein, ged a bhiodh e a' sìneadh a chuid fhèin gu ìre mhòr, cha bhiodh e a 'faicinn ach làmh spioradail agus car mòr de dhubh.

"Taibhse na Tìre!" ghlaodh e, "Tha eagal orm thu barrachd na taibhse sam bith a chunnaic mi. Ach o tha fhios agam gu bheil d'adhbhar a' dèanamh math dhomh, agus aon uair 's mi an dòchas beò a bhith na duine eile bho na bha mi, tha mi deiseil a bhith nad chuideachadh, agus a' dèanamh e le cridhe taingeil. Nach can thu rium?"

Cha do thug e freagairt dha. Bha an làmh a' pointeal dìreach ron an dàibh.

"Stob e!" thuirt Scrooge. "Stob e! Tha an oidhche a' falbh gu luath, agus tha e na àm luachmhor dhomh, tha fhios agam. Stob e, Spiorad!"

Gluais an t-Aibistear air falbh mar a thàinig e tuairisgeul dha. Lean Scrooge ann an sgàil a gúna, a shàbhail e suas, smaoinich e, agus a thug e air adhart.

Cha deach iad a dh'fhaodadh a dhol a-steach don bhaile-mhòr; oir bha coltas gu robh a' bhaile-mhòr a 'tòiseachadh suas mu iad, agus a' toirt iad suas le a gnìomh fhèin. Ach an sin bha iad, ann an cridhe na cathrach; air 'Change, am measg a 'mhargadairean; a thug a-steach suas agus a-nuas, agus chluich an t-airgead anns a' phocaidean aca, agus a 'conaltradh ann an buidhnean, agus a' coimhead air an uaireadairean, agus a 'dèanamh cleas leis na sealaichean òir mòra aca ; agus mar sin air adhart, mar a chunnaic Scrooge iad gu tric.

Stad an Spiorad ri taobh aon ghrùpa beag de dhaoine gnìomha. A' feuchainn gun deach an làmh a thomhas dhaibh, thog Scrooge air adhart gus èisteachd ri an còmhradh.

"Chan eil," thuirt duine mòr sailleach le sròn uabhasach, "Chan eil fios mòr agam mu dheidhinn, air dòigh sam bith. Chan eil fios agam ach gu bheil e marbh"

"Cuine a bha e marbh?" fhoighneachd fear eile.

"An-raoir, tha mi a' creidsinn"

"Carson, dè bha cearr leis?" dh'fhaighnich an treasamh, a' toirt a-mach meud mòr de snuff às bogsa snuff mòr gu h-ìosal. "Smaoinich mi nach b' eil e a-riamh a 'bàsachadh."

"Tha Dia a' fios," thuirt an chiad duine, le tuiteam.

"Dè tha e air a dhèanamh leis an t-airgead aige?" dh'fhaighnich duine glas uaine le freumh cho mòr air deireadh a shròin, a bhog gu dlùth agus gu marb mar gheills de theurcag.

"Cha do chuala mi," thuirt am fear leis an t-sron mòr, a' sgrìobadh a-rithist. "Dh'fhàg e dhan a chompanaidh, is dòcha, Chan eil e air fhàgail dhomhsa. Sin a h-uile rud a tha fhios agam."

Chaidh an spòrs seo a ghabhail le gàire choitcheann.

"'S docha gum bi adhlacadh glè shaor aige," thuirt an aon neach-labhairt; "oir air mo bheatha cha chì mi duine sam bith a dh'fhaodadh a dhol dha. Sam b' urrainn dhuinn cuideachd a dhèanamh agus a bhith deònach?"

"Chan eil mi a' cur an aghaidh a dhol mura h-eil biadh-làithean air a sholar," thuirt an duine leis an fhalbh aige air a shron. "Ach feumaidh mi biadh, ma nì mi aon"

Gàire eile.

"Uill, tha mi as neo-leasachd am measg sibh, an dèidh a h-uile càil," thuirt an chiad chuideigin, "oir chan fheuch mi riamh air dùbhlain fhiadhain, agus chan ith mi lòn. Ach cuiridh mi romham falbh, ma nì duine sam bith eile sin. Nuair a smaoinich mi air, chan eil mi idir cinnteach nach robh mi na charaid air leth dha; oir bhiodh sinn a' stad agus a' bruidhinn gach uair a choinnich sinn. Mar sin leat, mar sin leat!"

Luchda-bruidhinn agus èisteachd a' siubhal air falbh, agus a 'measgachadh le buidhnean eile. B' aithne dha Scrooge na fir, agus dh'ionnsaich e aig an Spiorad airson mìneachadh.

Rinn am Bòcan sleamhnachadh a-steach gu sràid. Bha a mhèar a' pointeireachd gu dithis duine a' coinneachadh. Dh'èist Scrooge a-rithist, a' smaoineachadh gum faodadh an t-aiseag a bhith an seo.

Bha e a' tuigsinn na fir seo, cuideachd, gu tur. Bha iad na fir gnìomhachais: gu math beartach, agus de mheud mòr. Bha e air cùis a dhèanamh an cònaidh de seasmh math a bhith aige ann an tuairim: ann an sealladh gnìomhachais, sin e; gu dìreach ann an sealladh gnìomhachais.

"Ciamar a tha thu?" thuirt fear.

"Ciamar a tha thu?" fhreagair an duine eile.

"Ma-thà!" thuirt an chiad duine. "Tha dlaigsean sean Scratch aige fhèin aig a dheireadh thall, nach e?"

"Mar sin tha mi air innse," thill an dàrna fear. "Fuar, nach eil e?"

"Freagarrach airson àm na Nollaig, Chan eil thu 'na sgithearan, tha mi a 'smaoineachadh?"

"Chan eil, Chan eil, Rudeigin eile ri smaoineachadh, Madainn mhath!"

Chan eil facal eile. Sin an co-labhairt aca, an còmhradh aca, agus an scaradh aca.

Bha Scrooge aig an toiseach airson a bhith iongantach gu robh an Spiorad ga chur an sàs ann an còmhraidhean a bha coltach cho beag air a' chiad sealladh; ach a 'faireachdainn gu robh iad a' dol a bhith cudromach, chuir e e fhèin gu bhith a' beachdachadh dè bhiodh e coltach a bhith. Cha b' urrainn dhaibh a bhith air an smaoineachadh gu robh iad a 'toirt buaidh air bàs Jacob, a shean-phàrtaidh, oir bha sin seachad, agus bha pròbhas an strìbhinn seo anns an ùine ri teachd. Cha b' urrainn dha smaoineachadh air duine sam bith a bha ceangailte ris fhèin, ris an robh e ag iarraidh iad a chur. Ach gun teagamh sam bith gu robh buntainn sam bith a bh' acusan, bha e cinnteach gu robh teachdaireachd do-chreidsinn anns gach facal a chuala e, agus anns gach rud a chunnaic e; agus gu sònraichte a bhith a' dèanamh fiosrachadh air sgàil fhèin nuair a nochdadh e. Oir bha e a' dùil gum biodh giulan a fhèin san àm ri teachd a' toirt dha an iuchair a bha e a' sireadh, agus gum biodh e a' dèanamh an dòigh airson na dòighean seo a rèiteachadh gu furasta.

Thug e sùil timcheall air an àite sin fhèin airson ìomhaigh fhèin; ach sheas duine eile ann an cùinneadh an dàin dol, agus ged a sheall an cleocraig air an àm cumanta-làitheil dar a bhiodh e an sin, cha chunnaic e coltas air fhèin am measg nan iomadachd a chaidh a-steach tro Phort. Cha do thug e iongnadh mòr dha, ge-tà; oir bha e a' cuairteachadh anns a cheann atharrachadh beatha, agus smaoinich agus thairg e gur fhacas e crìochnachadh a thogail a-nuas a rèiteachaidhean a chaidh a bhreith ùr ann an seo.

Sàmhach agus dorcha, sheas am Fhantam ri a thaobh, a làmh air a shìneadh a-mach. Nuair a dhùisg e e fhèin à a shianail còmhraidh, smaoinich e bho thionndadh na làimhe, agus a seòrsa san àite a bhiodh e fhèin, gun robh na Sùilean nach fhaca a' coimhead air gu geur. Dhèanadh seo e crathadh, agus mothachadh glè fhuar.

Fhàg iad an sealladh trang, agus chaidh iad a-steach do phàirt dhorcha a' bhaile, far nach robh Scrooge air a bhith a-riamh roimhe, ged a bha e a' aithneachadh a shuidheachadh, agus a chliù droch. Bha na slighean salach agus cumhang; bha na bùthan agus na taighean dona; bha na daoine leth-nochd, air am deoch, slìobagach, grànnda. Eadar-dhealaichean agus boghain, mar iomadh uamhas-làin, a' pùsgadh am peacadh smùide, agus salachar, agus beatha, air na sràidean sgapte; agus bha an ceàrnaich slàn a' breacadh le eucoir, le salachar, agus le mì-chobhair.

Fad anns an tolpan mì-chliùiteach seo, bha bùth dùinte, grònach fo mhullach tigh-penthouse, far an ceannaichteadh iarann, breacain aon uair, botail, cnàmhan, agus tòrr ghreasaithe. Air an ùrlar a-staigh, bha carnadh de iuchdair ruadhailte, tiodhlaichean, slabhraidhean, hinges, fhaidhlichean, scàilean, cuideam, agus iarann sàr-chaidh. Bha dìomhaireachdan a bh' ann an beagan dèanamh sgrùdadh air a' sìneadh agus am fhalach ann am beanntan de bhreacain mì-thaitneanta, mòran de shàth sgamhach, agus ùir-cladh de chnàmhan. Suidhe ann am measg na bathar a bha e a' dèanamh malairt ann, le stòb gualach, a' dèanamh de bhriogais shean, bha greisear liath-fhuilt, faisg air seachdad bliadhna a dh'aois; a bha e fhèin a' cumail far bhogha fuachd an làraich a muigh, le cortan de bhreacain shònraichte, a chaidh a chrochadh air loidhne; agus a' deàradh a phìob ann an uile shaorsa de shocair-chàirdeas.

Thàinig Scrooge agus an Taibhse a-steach don làthair aig an duine seo, dìreach mar a bha bean le bùnadh trom a' sìneadh a-steach don bhùth. Ach cha robh i air a dhol a-steach nuair a thàinig bean eile, mar an ceudna làn, a-steach cuideachd; agus chaidh i a leantainn dlùth le duine ann an dubh fadach, a bha cho sgìth le sealladh orra, 's a bha iad air a bhith air an aithneachadh aig a chèile. An dèidh ùine ghoirid de iomhaigh bhrèagha, anns an robh an seann duine leis a' phìob air an gabhail còmhla riutha, bha iad uile trì a' sgaladh ri gàire.

"Leig leis a' bhean-glanaidh a bhith na chiad!" ghlaodh i a bha air tighinn a-steach an toiseach. "Leig leis an nighean-nigheadaire a bhith na dara fear; agus leig le fear an tòrraimh a bhith na treas fear. Seall an seo, Seòsaidh aosta, seo cothrom! Mura robh sinn uile trì air coinneachadh an seo gun bhur toil e!"

"Cha bhiodh sibh air coinneachadh ann an àite nas fheàrr," thuirt Seòsaidh aosta, a' toirt a phìopa às a bheul. "Tighinn a-staigh don pharlamaid, Chaidh saorsa a thoirt dhut fhada roimhe seo, tha thu a 'fiosrachadh; agus chan eil an dà eile na coimhearsnaichean. Stadaibh gus am bi mi a 'dùnadh doras a' bhùth. Ah! Ciamar a tha e a 'sgreachail! Chan eil pìos meatailt cho rìtheach anns an àite mar a tha na h-incinnean fhèin, tha mi a 'creidsinn; agus tha mi cinnteach nach eil cnaimhean cho seann an seo, mar mo chuid fhìn. Ha, ha! Tha sinn uile freagarrach air ar gairm, tha sinn gu math freagarrach. Tighinn a-staigh don parlamaid. Tighinn a-staigh don parlamaid."

B' e an seòmar-suidhe an àite a bha air cùl an sgrion de straip. Rinn an seann duine an teine a chruinneachadh leis an seann stairean, agus an dèidh dha a lampa smogach a ghearradh (oir b' e oidhche a bh' ann), le stoc a phìob, chuir e e a-rithist anns a bheul.

Fhad 's a bha e a' dèanamh seo, thilg a' bhoireannach a bha air bruidhinn mu thràth a paca air an ùrlar, agus shuidh i gu h-àrdanach air stòl; a' croiseadh a glùinean leis na h-uileanan, agus a' coimhead le dùbhlan beusach ris an dà thaobh eile.

"Dè na cothroman sin! Dè na cothroman, a Mhàthair Dilber?" thuirt a' bhean. "Tha còir aig gach duine air a bhith a' cur an dìon fhèin, Rinn e sin an-còmhnaidh"

"Seo fìor, gu dearbh!" thuirt an nighean-nighe. "Chan eil duine sam bith nas motha"

"Carson sin, na seas a' stèidhich mar gum biodh eagal ort, a bhean; cò tha glic? Chan eil sinn a' dol a dhèanamh tholl ann an còtaichean a chèile, tha mi a' smaoineachadh?"

"Chan eil, gu dearbh!" thuirt Mrs. Dilber agus an duine còmhla. "Bhiodh sinn an dòchas nach bu chòir"

"Gu math, ma ta!" ghlaodh a' bhean. "Sin gu leòr, Cò tha nas miosa air sgàth a' chall beagan rudan mar seo? Chan e duine marbh, tha mi a' smaoineachadh"

"Chan eil, gu dearbh," thuirt Mrs. Dilber, a' gàireachdainn.

"Ma bha e ag iarraidh an cumail às dèidh dha bàsachadh, seann bheairteas olc," lean an boireannach, "carson nach robh e nàdarra fhad 's a bha e beò? Ma bhiodh e, bhiodh cuideigin ann a bhiodh a' coimhead às dèidh feumaidh nuair a bhuail an Bàs e, seach a bhith a' fulang aig an làimh fhèin e an sin, leis fhèin."

"'S e am facal as fìreanta a chaidh a labhairt riamh," thuirt Mrs. Dilber. "'S e breith a th' air."

"Bu toil leam gum biodh breitheanas beagan na thuaidh," fhreagair an bhoireannach; "agus bu chòir dha a bhith, 's urrainn dhut a bharraicheadh, nam biodh mi comasach air mo làmhan a chuir air rud sam bith eile. Fosgail an cruinneachadh sin, Seòsaidh aosta, agus leig dhomh fhaicinn luach e. Labhair gu soilleir. Chan eil eagal orm a bhith a' chiad, no a bhi eagal ormsa gun faic iad e. Tha fios againn gu math maith gun robh sinn a' cuideachadh againn fèin, mus do coinich sinn an seo, tha mi a 'creidsinn. Cha peaca e. Fosgail an cruinneachadh, Seòsaidh."

Ach cha b' fhearr le duaisreadas a cairdean a ceadachadh seo; agus an duine anns a' ghorm dhubh, a' climbhadh na bearadh an toiseach, thog e a spoils. Cha robh iad farsaing. Seala no dhà, ciste peansail, par de dhèideagan uinneag, agus brooch gun luach mòr, b' e sin a h-uile. Roinn-dhùthaich iad aon-neach agus rinneadh tuairmsean orra le seann Joe, a scriobh na suimean a bha e deònach a thoirt airson gach aon, air a' bhalla, agus chuir e iad còmhla nan iomlan nuair a lorg e nach robh tuilleadh ri thighinn.

"Sin agad cunntas," thuirt Joe, "agus cha b' eil mi deònach barrachd air sian air leth-phinginn a thoirt, ma bhithinn ri a' ghoil airson nach dèan mi. Cò as ùr?"

Bha Mrs. Dilber an athear. Duilleagan agus tuàilean, beagan aodaich a bha seann, dà spàin t-silbir seann fhosgailte, pàirt de gheara-siùcair, agus beagan bùtan. Chaidh a cunntas a sgrìobhadh air a' bhalla mar an aonach.

"Tha mi a-riamh a' toirt cus do bhoireannaich, 's e lagachd dhomh, agus sin mar a chuireas mi a-null mi fhèin," thuirt Sean Joe. "Sin an cunntas agad. Nam b' fheudar dhut barrachd sgilling a shireadh uam, agus gun a dhèanamh na cheist fhosgailte, bhithinn a' faireachdainn gu b' eagalach mi agus bhithinn a' toirt dheth leth-coronach"

"Agus a-nis fosgail mo bhuidheann, Joe," thuirt a' chiad bhoireannach.

Chaidh Joe sìos air a ghlùinean airson a bhith fosgailte gu barrachd easa, agus an dèidh dha iomadach cnapan a dhìcheangal, tharraing e a-mach pìos mòr agus trom de stuth dorcha sam bith.

"De a nì sibh gairm seo?" thuirt Joe. "Curtains leapa!"

"Ah!" thill an bhean, a' gàireachdainn agus a' cur a h-airde air a geasan crosta. "Curtains-leapa!"

"Chan eil thu ag ràdh gu robh thu a' toirt an sìos, fàinnichean agus a h-uile càil, leis a' dol e fhèin an sin?" thuirt Joe.

"'S e, tha mi," fhreagair an tè. "Carson nach eil?"

"Rugadh thu gus do fortune a dhèanamh," thuirt Joe, "agus cuiridh thu cinnteach e a dhèanamh"

"Chan eil mi cinnteach nach bi mi a' cumail mo làimhe, nuair a gheibh mi rud sam bith ann leis a' streapadh a-mach, airson duine mar a bha E, geallaidh mi dhut, Joe," thill a' bhoireannach gu fuarachail. "Na caill an ola sin air na blàthan, a-nis"

"A bhlainneachdan?" dh'fhaighnich Joe.

"Cò eile a bheireadh tu smaoineachadh?" fhreagair a' bhean. "Chan eil e coltach gu bheil e ga ghabhail fuar gun iad, tha mi a' smaoineachadh"

"Tha mi an dòchas nach do bhàsaich e air sgàth rudeigin a ghabhas sàrachadh? Eh?" thuirt Seòsaidh aosta, a' stadadh ann an obair, agus a' coimhead suas.

"Na biodh eagal ort mu sin," fhreagair an bhean. "Chan eil mi cho toilichte le a chuideachd 's gum biodh mi a' fuireach mun cuairt airson a leithid de rudan, ma rinn e. Ach! 'S urrainn dhut a dhol tro na lèine sin gus an tèid do shùilean tinn; ach cha gheibh thu toll ann, no àite caol. 'S e an fheàrr a bh' aige, agus fear math cuideachd. Bhiodh iad air a chall, mur robh mi ann"

"Dè an t-ainm a th' agad air a chall?" dh'fhaighnich Seumas seann.

"A' cur air, gus a thèid e a thiodhlacadh, cinnteach," fhreagair an tè le gàire. "Bha cuideigin gu leòr na amadain a dhèanamh, ach thug mi dheth e a-rithist. Ma tha calico nach eil gu leòr math airson an adhbhar sin, chan eil e gu leòr math airson dad sam bith. Tha e cho freagarrach don chorp. Cha b' urrainn dha a bhith nas grànnda na a bha e san fhear sin."

Éist Scrooge ri an còmhradh seo le eagal. Fhad 's a bha iad suidhichte mun cuairt air an spoils aca, anns an solas gann a bha a' tighinn bho lampa an duine aosta, coimhead e orra le fuath agus disgust, a dh'fhaodadh a bhith nas motha, ged a bhiodh iad na deamhanaibh mì-mhodhaile, a' reic an corp fhèin.

"Ha, ha!" ghàire a' bhodach ceudna, nuair a thug Seòsaidh a shean, a' toirt a-mach poca flannail le airgead ann, ag innse mu dheidhinn an cosnadh aca uile air an talamh. "Seo crìoch dha, aig a bheil thu a' coimhead! Bha e a' cuir uam gach neach bho, nuair a bha e beò, gus sochar a thoirt dhuinn nuair a bha e marbh! Ha, ha, ha!"

"Spirit!" thuirt Scrooge, a' crith gu goirid bho cheann gu bonn. "Chi mi, chi mi. Dh'fhaodadh cùis an duine miseil seo a bhith na mo chùis fhèin. Tha mo bheatha a' dol an dòigh sin, a-nis. Neamh Tròcaireach, dè seo!"

Ghabh e air ais ann an uamhas, oir bha an sealladh air atharrachadh, agus a-nis bu almost beagan a bha e a 'bualadh leapa: leabaidh lom, gun curtain: air am bheil, fo duilleag raibeartach, bha rudeigin a' coimhead suas, a, ged a bha e balbh, thug e fhoillseachadh ann an cànan uabhasach.

Bha an seòmar glè dhorcha, ro dhorcha airson a bhith ga sgrùdadh le aon fhìrinn, ged a sheall Scrooge mun cuairt air a rèir impulse dìomhair, èibhinn airson fios a bhith aige dè seòrsa seòmar a bh' ann. Thàinig solas pailt, ag èirigh anns an adhar a-muigh, direach air a 'chadail; agus air, ruithe agus ainbhiste, gun sgrùdadh, gun caoineadh, gun aire, bha corp an duine seo.

Thug Scrooge sùil gu taobh a' Phanntom. Bha a làmh sheasamh a' pointeadh gu ceann. Bha an cumadh cho neo-thaiceil air a dhealbh gu robh an togail as lugha dheth, gluasad corr air taobh Scrooge, air a nochdadh an aghaidh. Smaoinich e air, mothaich ciamar a bhiodh e furasta a dhèanamh, agus dh'fhaighneachd e dhèanamh; ach cha robh tuilleadh cumhachd aige an t-sealladh a tharraing air ais na dismiss an taibhse ri a thaobh.

O fuar, fuar, rigid, uabhasach, Bàs, stèidhich do altair an seo, agus glèidh e leis na h-uabhasan aig am bheil thu air d' òrdugh: airson gur e seo do roinn-se! Ach air a' chinn a bha gràdhaichte, a bha airidh, agus a bha onorach, chan urrainn dhut aon fàlt a thionndadh do do chuspairean eagalach, no aon draoidheil a dhèanamh grànda. Chan eann gun a tha an làmh trom agus a tuiteam nuair a tha e air a leigeil seachad; chan eann gun a tha an cridhe agus an cùrsaidh sàmhach; ach gun robh an làmh fosgailte, ionraic, agus fìor; an cridhe treun, blàth, agus cairdeil; agus an cùrsa duine. Buail, Shadow, buail! Agus faic a ghnìomhan math a' leumadh bhon chreuchd, gus an saoghal a chur le beatha mharbhadh!

Cha do thàinig mòran duine a-mach leis na faclan sin ann an cluasan Scrooge, agus fhathast chualas iad leis nuair a sheall e air an leabaidh. Smaoinich e, ma dh'èireadh an duine seo suas a-nis, dè bhiodh aige na smuaintean as cudromaiche? Sàbhalachd, trìlleis, duilgheadasan dlùth? Thug iad dha gu crìoch shaibhir, gu dearbh!

Làigh e, ann an taigh dorcha falamh, gun duine, gun bhoireannach, no leanabh, ri ràdh gun robh e math dhomh ann an seo no an sin, agus airson cuimhne air facal math a bhios mi math dha. Bha cat a' sgoltadh na dorais, agus bha fuaim de luchd gnìomhachaidh fon chlach-teinnt. Dè bha iad ag iarraidh ann an seòmar a' bhàis, agus carson a bha iad cho mì-sheasmhach agus caran, cha do dhùin Scrooge smaoineachadh.

"Spirit!" thuirt e, "se am fearg fadarcach seo, Nuair a' fàgail e, cha bhi mi a' fàgail a chàileachd, creid annam. Sinn a dol!"

Fhathast, bha an Tàcharan a' pointeadh le corrag nach do ghluais gu ceann.

"Tha mi a' tuigsinn thu," thill Scrooge, "agus bhithinn dìreach a' dèanamh e, nam biodh comas agam. Ach chan eil an comas agam, Spiorad. Chan eil an comas agam."

A-rithist, chòrd e coltach gu bheil e a' coimhead air.

"Ma tha duine sam bith anns a' bhaile, a tha a' faireachdainn duilgheadas air sgàth bàs an duine seo," thuirt Scrooge gu dubhach, "seall an duine sin dhomh, Spiorad, tha mi a' guidhe ort!"

Chuir an Tàibhse a bhrat dorcha roimhe airson mionaid, mar a bhiodh sgiath; agus ga thoirt air falbh, thug e sealladh air seòmar san latha, far an robh màthair agus a cloinn.

Bha i a' feitheamh ri duine, agus le dàimheachd eagarach; oir bha i a' coiseachd suas is sìos an seòmar; ghabh i eagal aig gach fuaim; coimhead a-mach on uinneag; till i sùil air an cloc; rinn i feuchainn, ach gun soirbheachadh, obrachadh le a snàthadan; agus cha robh i cinnteach gum b' urrainn dhi guthan a' chlann ann an an geamhradh a ghabhail.

Aig deireadh thall, chuala i an cnag a bha iad uile an dùil ri. Ruith i gu doras, agus coinich i ri a fear-pòsda; duine aig an robh aodann làn dragh is duilich, ged a bha e òg fhathast. Bha àiteachan sònraichte ann an-dràsta; seòrsa de dheagh-thlachd mhòr a bha e a' faireachdainn nàire mu dheidhinn, agus a bha e a' feuchainn ri smachd a chumail air.

Shuidh e sìos gu dìnnear a bh' air a chùl aig an teine air a shon; agus nuair a dh'fhaighnich i gu lag dha dè naidheachd (a bha nach robh gus an dèidh fad-ùine), chòrd e doirbh dha ciamar a freagradh.

"An e math e?" thuirt i, "no dona?" gus a chuideachadh.

"Droch," fhreagair e.

"A bheil sinn gu tur air ar sgriosadh?"

"Chan eil, tha dòchas fhathast ann, Caroline"

"Ma nì e socair," thuirt i, air a h-iongantas, "tha! Chan eil rud sam bith seach hope, mas e mìorbhail mar sin a thachair"

"Tha e seachad air a bhith a' togail cùisean," thuirt a fear-pòsda. "Tha e marbh"

Bha i na ainmhidh sìtheil agus foighidneach ma bhruidhinn a h-aghaidh rìghinn; ach bha i taingeil anns a h-anam a chlaistinn, agus thuirt i sin, le làmhan dùinte. Dh'ùrnaich i maithiùnas an ath mhionaid, agus bha duilich; ach an toiseach bha iad na mothachadh a cridhe.

"De na thubhairt an bhean leath-dhrùnach, ris an do innis mi dhuibh mu dheidhinn an-raoir, rium, nuair a dh'fheuch mi air a fhaicinn agus cùis-seachdain a shàbhaladh; agus na smaoinich mise bha dìreach mar leisgeul gus am seachnadh; tha e a-nis air a thighinn a-mach gu robh iad gu tur fìor. Cha robh e dìreach gu math tinn, ach a' bàsachadh, an uairsin"

"Gu dè an neach a gheibh ar n-èigneachd air aistriú?"

"Chan eil fhios agam, ach mus tig an ùine sin, bidh sinn deiseil leis an airgead; agus ged nach robh, bhiodh e na droch-fhortan gu dearbh gun lorgadh sinn creideadair cho cruaidh anns an duine a thig na dheidh. Faodaidh sinn cadal an-nochd le cridhean èibhinn, Caroline!"

Seadh. Ged a bhiodh iad ga bhlàthachadh, bha an cridhean nas àicheil. Bha aodannan na cloinne, sàmhach agus iad air cruinneachadh mun cuairt gus èisteachd ris na bha iad a' tuigsinn cho beag, nas soilleire; agus bha e na thigh nas sona airson bàs an duine seo! An aon ghòraichean a b' urrainn don Spiorad a shealltainn dha, air sgàth an tachartais, b'e fear an toileachais.

"Leig dhomh faicinn beagan caoimhneas co-cheangailte ri bàs," thuirt Scrooge; "no an seòmar dorcha sin, Spioraid, a dh'fhàg sinn dìreach a-nis, bidh e iomadh làithean annam"

Stiùir an t-Spiorad e tro iomadh sràide a bha aithnichte do na casan aige; agus mar a bha iad a' dol seachad, bha Scrooge a' coimhead an seo 's an sin gus a lorg fhèin, ach cha robh e ri fhaicinn àite sam bith. Chaidh iad a-steach do thigh Bòb Cratchit bochd; an t-àite a bha e air tadhal roimhe; agus lorg iad a' mhàthair agus na clann a' suidhe mu cuairt an teine.

Sàmhach. Glè shàmhach. Bha na Cratchits beaga, fuaimneach cho sàmhach ri dealbhan ann an aon chùil, agus bha iad a' coimhead suas ri Peadar, aig an robh leabhar roimhe. Bha a' mhàthair agus a h-innsean a' dèanamh fuidheall. Ach gu cinnteach, bha iad an-sàmhach!

"'Agus ghabh E leanabh, agus chuir e eadhan ann an meadhan an fheadhainn sin.'"

Càit an robh Scrooge air na facail sin a chluinntinn? Cha robh e air an aisling. Feumaidh am balach iad a leughadh a-mach, fhad 's a bha e fhèin agus an Spiorad a' dol thairis air a' t-iasgach. Carson nach deach e air adhart?

Chuir a' mhàthair an obair aice air a' bhòrd, agus chuir i a làmh suas gu a h-aghaidh.

"Tha an dath a' cur pian anns mo shùilean," thuirt i.

Am dath? Ach, arm breugach Tiny Tim!

"'S fheàrr iad a-nis a-rithist," thuirt bean Cratchit. "Bidh iad lag le solas coinneal; agus cha bhiodh mi a' sealltainn sùilean lag dhan athair agad nuair a thig e dhachaigh, airson an t-saoghail. Feumaidh gu bheil e faisg air an àm aige"

"Seachad air gu dearbh," fhreagair Peadar, a' dùnadh a leabhar. "Ach tha mi a 'smaoineachadh gu bheil e air a bhith a' coiseachd beagan nas slaodaiche na b' àbhaist dha, na h-oidhchean mu dheireadh seo, a mhàthair"

Bha iad gu math sàmhach a-rithist. Mu dheireadh thall, thuirt i, agus ann an guth làidir, sòlasach, a chaill a dheagh-riochd a-mhàin aon uair:

"Tha mi air aithneachadh dha a' coiseachd le Tiny Tim air a ghualainn, gu math luath gu dearbh"

"Agus mar sin tha mi fhìn," ghlaodh Peadar. "Gu tric"

"Agus mar sin agam fhèin," ghlaodh fear eile. Bha sin aig a h-uile duine.

"Ach bha e gu math èibhinn a thoirt," thòisich i a-rithist, ag amas air a' ghnothaich aice, "agus bha gràdh mòr aige air a athair, nach robh e duilich: cha robh e duilich. Agus seall do dh'athair aig an doras!"

Rinn i a dèanamh a-mach gu luath gus a coinneachadh; agus beag Bob anns a' chomforter aige bha feum aige air, bochd an duine thàinig a-steach. Bha a tì deiseil dha air an hob, agus dh'fheuch iad uile cò bu chòir dha a chuideachadh leis a' mhòr-chuid. An uairsin, chaidh an dà òganach Cratchit suas air a ghlùinean agus chuir, gach leanabh beag gruaidh, an aghaidh aodann, mar nam biodh iad ag ràdh, "Na cuir dragh ort, athair, Na bi brònach!"

Bha Bob gu math sòlasach leotha, agus labhair e gu binn ri a h-uile duine sa teaghlach. Dh'fhèach e air an obair air a' bhòrd, agus thug e moladh airson an obair chruaidh agus luaths aig Mrs. Cratchit agus aig na nigheanan. Bhiodh iad deiseil fada ro Là na Sàbaid, thuirt e.

"Didòmhnaich! Chaidh thu an-diugh, ma-thà, Robert?" thuirt a bhean.

"Seadh, a leannain," thill Bob. "Bu mhath leam gun robh thu air a dhol. Bhiodh e math dhut fhaicinn cho uaine 's a tha an àite. Ach chi thu e gu tric. Gheall mi dha gum bi mi a' coiseachd ann air Didòmhnaich. Mo leanabh, leanabh beag!" ghlaodh Bob. "Mo leanabh beag!"

Bhris e sìos a h-uile càil aig an aon àm. Cha b' urrainn dha cuideachadh leis. Ma bhiodh e comasach cuideachadh leis, b' urrainn dha gun robh e fhèin agus a leanabh nas fhaide air falbh b' urrainn dha na bha iad.

Dh'fhàg e an seòmar, agus chaidh e suas dhan t-seòmar aig a bheil, a bha air a soilleireachadh gu sona, agus air a chrochadh le Nollaig. Bha cathair air a cur dlùth ri taobh a' phàiste, agus bha comharraichean ann gu robh cuideigin ann, o chionn ghoirid. Shuidh Boab bochd ann, agus nuair a bha e air smaoineachadh beagan agus air a shèimheachadh, phòg e an aghaidh bheag. Bha e air a shòlradh ris a bha air tachairt, agus shiubhail e sìos a-rithist gu sona.

Tha iad a' tarraing mu thimcheall an teine, agus a' còmhradh; leis na nigheanan agus a' mhàthair a' strì fhathast. Dh'inns Bob dhaibh mu daonnachd annasach neach-daonna Mhr. Scrooge, nach robh e air fhaicinn ach aon turas, agus a bhuineadh air a cho-làthadh sa t-sràid an latha sin, agus a fhaicinn gu robh e beagan "a-mach às e faicsinneachd, a-rèir coltais," arsa Bob, dh'fhaighnich ciod a thachair a dheigh a chuir gruaim air. "Air a shon sin," arsa Bob, "o th' esan na fir as binne bruidhinn a chaidh a chluinntinn riamh, dh'innse mi dha e. 'Tha mi duilich gu dearbh airson sin, Mr. Cratchit,' arsa e, 'agus duilich gu dearbh airson do bhean chòir.' Apropos, ciamar a bhuineadh e a-mach sin, cha do thuig mi idir."

"B' fheudar dè, a leannan?"

"Carson, gu robh thu na bean-mhath," fhreagair Bob.

"Tha fios aig a h-uile duine sin!" thuirt Peadar.

"'S math a chunnaic thu sin, a bhalaich!" ghlaodh Bob. "'S e mo dòchas gun dèan iad. 'Duilich gu mòr,' arsa e, 'airson do bhean mhath. Ma tha mi comas a bhith 'na sheirbheis dhut air dòigh sam bith,' arsa e, a' toirt mo chàirt dhomh, 'sin far a bheil mi a' fuireach. Thig gu m' ionad, mas e do thoil e.' A-nis, cha robh e," ghlaodh Bob, "airson na b' urrainn dha a dhèanamh dhuinn, cho mòr 's airson a dòigh chàirdeil, gun robh seo cho àlainn. Bha e coltach gu dearbh mar gun robh e eòlach air ar Tiny Tim agus a' faireachdainn còmhla rinn."

"'S cinnteach gu bheil e na anam math!" thuirt Mrs. Cratchit.

"Bhiodh tu nas cinnteach air, a ghràidh," fhreagair Bob, "ma chunnaic tu e agus bruidhinn ris. Cha bhiodh iongnadh sam bith orm - beachd air na tha mi ag ràdh! - ma fhuair e suidheachadh nas fheàrr airson Pheadar"

"Ach èist ri sin, Peadar," thuirt Mrs. Cratchit.

"Agus an uairsin," ghuil aon de na nigheanan, "bidh Peadar a 'dèanamh cuideachd ri cuideigin, agus a' stèidheachadh airson fhèin"

"Rach leat!" freagair Peter, ag gàire.

"'S e dìreach cho coltach 's nach eil," thuirt Bob, "latha sam bith; ged a tha gu leòr ùine air a shon, a ghràidh. Ach ciamar agus cùin a dh'fhaodas sinn a dhol bho chèile, tha mi cinnteach nach bi dìochuimhne oirnn bochd Tiny Tim nach bi, no an chiad fhàgail a bha eadarainn?"

"Gu bràth, athair!" ghlaodh iad uile.

"Agus tha fhios agam," thuirt Bob, "tha fhios agam, a ghràidhean, nuair a cuimhnich sinn ciamar a bha e foighidneach agus séimh; ged a bha e na phàiste beag, beag; cha tèid sinn a chathadh gu furasta eadar ar peathraichean, agus a dìochuimhneachadh ar bochd Tiny Tim le bhith a' dèanamh e"

"Chan eil, a-riamh, athair!" ghlaodh iad uile a-rithist.

"Tha mi gu math sona," thuirt beag Bob, "tha mi gu math sona!"

Phòg Mrs. Cratchit e, phòg a nigheanan e, phòg a dhà nighean òg Cratchit e, agus chuir Peadar agus e fhèin làimh ann. Spiorad a' Tiny Tim, b' e Dia a thug do bhunait phàislig dhut!

"Taibhs," thuirt Scrooge, "tha rudigin ag innse dhomh gu bheil ar n-àm scaradh aig an làimh. Tha fhios agam e, ach cha do fhios agam mar. Innis dhomh cò an duine a bha sin a chunnaic sinn a' lying marbh?"

Thug Spiorad Nollaig a Tha Ri Teachd dha, mar roimhe ged aig àm eadar-dhealaichte, smaoinich e: gu dearbh, cha robh òrdugh sam bith anns na seallaidhean mu dheireadh, ach gu robh iad san Àm ri Teachd anns na h-àiteachan-obrach, ach sheall e dha dhìth fhèin idir. Gu dearbh, cha robh Spiorad a' fuireach airson rud sam bith, ach chaidh e air adhart dìreach, mar a tha an deireadh dìreach a-nis air a dhùrachd, gus an do dh'iarr Scrooge air stad airson mionaid.

"Tha an cùirt seo," thuirt Scrooge, "tro a bheil sinn a-nis a' brosnachadh, far a bheil mo àite obrach, agus tha e air a bhith airson ùine mhòr. Tha mi a' faicinn an taigh. Leig dhomh fhaicinn dè bhios mi, anns na làithean ri thighinn!"

Stad an Spiorad; bha an làmh a' pointeadh an àite eile.

"Tha an taigh an sin," ghlaodh Scrooge. "Carson a tha thu a' comharrachadh air falbh?"

Cha do dh'atharraich an corrag neo-threigsinneach sam bith.

Rinn Scrooge a dhol gu uinneag a oifis, agus coimhead a-staigh. Bha e fhathast na oifis, ach cha robh e na fhèin. Cha robh an àirigh mar an aon, agus cha robh an duine sa chathair mar fhèin. Chaidh an Tàibhse a chomharradh mar roimhe.

Ghabh e pàirt ann a-rithist, agus a' wonder gu cò agus gu cò a rachadh e, chuir e ris gus an robh iad aig geata iarainn. Stad e gus coimhead mun cuairt mus do dh'fhosgail e.

Cladh-eaglaise. An seo, an uairsin; an duine truagh sin nach robh aige a-nis ach an t-ainm, laigh fo'n talamh. B' e àite freagarrach e. Duine air an duine; air a ruith seachad le feur agus luibhean, fàs bàis na feòir, chan eil beatha; bùite suas le cus adhlacadh; reamhar le appetit làn. Àite freagarrach!

Thàinig Spiorad am measg nan uaighean, agus pointe sìos gu Aon. Dh'ionnsaich e i ris le crith-eagal. Bha an Tàibhse dìreach mar a bha e roimhe, ach bha eagal air gu robh ciall ùr aige anns a chruth sollum.

"Mu choinneamh dèan mi dlùthachadh ri an clach sin a bheil thu a' comharradh," thuirt Scrooge, "freagair dhomh ceist aon, A bheil seo sgalan nan rudan a bhios, no a bheil iad sgalan nan rudan a dh'fhaodadh a bhith ann, a-mhàin?"

Fhathast, bha an t-Spiorad a' comharradh sìos don uaigh far an robh e a' seasamh.

"Cuiridh slighean dhaoine crìochan sònraichte fo-sgàil, gu bheil, ma leanas iad orra, feumaidh iad a stiùireadh," thuirt Scrooge. "Ach ma thèid an slighean a dhìth, tèid na crìochan atharrachadh. Abair gu bheil sè mar sin le na thaisbeanas tu dhomh!"

Bha an Spiorad cho gun ghluasad ri riamh.

Shlìn Scrooge ri a thaobh, a' crith as a dhèidh; agus a' leantainn an duirn, leugh e air clach na uaighe trèigichte ainm fhèin, EBENEZER SCROOGE.

"An mise an duine a bha a' laighe air an leabaidh?" ghlaodh e, air a ghlùinean.

Bha an corrag a' pointe bho'n uaigh gu e, agus air ais a-rithist.

"Chan eil, Spiorad! Ò, chan eil, chan eil!"

Bha an corrag fhathast an sin.

"Spirit!" ghairm e, a' glacadh gu teann ri a chasag, "èist rium! Chan eil mi mar an duine a bh' annam. Chan eil mi dol a bhith mar an duine a bhiodh agam a bhith ach airson an còmhraidh seo. Carson a tha thu a' sealltainn dhomh seo, ma tha mi thall air gach dòchas!"

Airson a' chiad uair, chòrd e gu robh an làmh a' crith.

"Deagh Spiorad," lean e, is e tuiteam air an talamh roimhe: "Tha do dhùthaich ag èirigh 'nam aghaidh, agus a' truasachadh orm. Thug thu iomhaidhean dhìomhail dhomh, ach nach urrainn dhomh atharrachadh le bhith beò!"

Crith an làimh choibhneil.

"Cuimhnichidh mi air Nollaig anns mo chridhe, agus feuchaidh mi ri a chumail fad na bliadhna. Bidh mi a 'fuireach anns an t-Seann, an Dràsta, agus an Ri teachd. Bidh Spioradan na Trì uile a' streapachadh a-staigh dhomh. Cha dùin mi an doras air na ceachdan a tha iad a 'teagasg. Ò, innis dhomh gun urrainn dhomh an sgriobhadh seo air an clach a sguabadh às!"

Ann an àmhghar aige, rug e air a' làimh spioradail. Dh'fheuch e gun a leigeadh saor, ach bha e làidir ann an iarrtas aige, agus chum e a stamh. An Spiorad, a tha nas làidire fhathast, dhiùlt eige.

A' cumail suas a làmhan ann an ùrnaigh mu dheireadh gus an t-àmhradh aige a thionndadh air ais, chunnaic e atharrachadh ann am fàd a' Phantanais agus an aodaich. Dh'fhalbh e, chuir e a-steach, agus laghach e sìos gu post-cleapa.

Chapter 5

DEIREADH THA E

YES! Agus bha an crann-cadail aige fhèin. Bha an leabaidh aige fhèin, bha an seòmar aige fhèin. As fheàrr agus as sona de na h-uile, bha an ùine roimhe aige fhèin, gus a dheanamh ciorramach ann!

"Thèid mi a dh'fhuireach anns an Àm a dh'fhalbh, an Làthair, agus an Àm ri teachd!" thuirt Scrooge, leis a' snàmh às an leabaidh. "Bidh Spioraidan nan Trì a' sabaid annam. Oh Jacob Marley! Bi iad ann an Albann, agus àm na Nollaige air a mholadh airson seo! Tha mi ag ràdh e air mo ghlùinean, seann Jacob; air mo ghlùinean!"

Bha e cho sgìth agus cho dearg leis na rùintean math aige, nach robh a guth briste a' freagairt gu ìre don ghairm aige. Bha e air a bhith a' caoineadh guach an aghaidh an Spioraid, agus bha aodann fhliuch le deòir.

"Chan eil iad air an toreadh sìos," ghlaodh Scrooge, a' pàirtleadh aon de na cortanan-leapa aige anns a ghearran, "chan eil iad air an toreadh sìos, fàinnean agus a h-uile càil. Tha iad an seo Tha mi an seo tha sgàilean nan rudan a bhiodh air a bhith, faodaidh iad a bhith air an sgaoileadh. Bidh iad. Tha fhios agam gum bi iad!"

Bha a làmhan trang leis an ùrlar aige fad an àm seo; a 'gabhail a-staigh iad, a' cur orra bho thìos, a 'sgoltadh iad, a' fàgail iad as àite, a 'dèanamh iad partaidhean do gach seòrsa extravagance.

"Chan eil fhios agam dè a dhèanamh!" ghlaodh Scrooge, a' gàireachdainn is a' caoineadh aig an aon àm; agus a' dèanamh Laocoön pèr-fhein de leis na stoicinn aige. "Tha mi cho èibhinn ri clòimh, tha mi cho sona ri aingeal, tha mi cho sòlasach ri balach-sgoile. Tha mi cho aotrom ri duine air a bheil trius. Nollaig chridheil dhan a h-uile duine! Bliadhna mhath ùr dhan t-saoghal uile. Hallo an seo! Whoop! Hallo!"

Bha e air snidheadh a-steach don seòmar suidhe, agus a-nis bha e a' seasamh an sin: gu tur sìnte.

"Seo am pàna brot a bha an grùdaig ann!" ghlaodh Scrooge, a' toiseachadh a-rithist, is a' dol mun cuairt air an teallach. "Seo an doras, far an do dh'ionnsaich Spiorad Iàcob Marley! Seo an cùinne far an deach Spiorad na Nollaig Làithreach a shuidhe! Seo am frèamh far an do dh'fhaic mi na Spioradan a bhòidhich! Tha a h-uile càil ceart, tha e uile gu dìreach, thachair e uile. Ha ha ha!"

Gu dearbh, airson duine a bha air a bhith às cleachdadh airson iomadh bliadhna, b' e gàire sgoinneil a bh' ann, gàire soirbheachail gu h-ìre. An t-athair de shreath fhada, fada de ghàirean soilleir!

"Chan eil fhios agam dè an latha den mhìos a th' ann!" thuirt Scrooge. "Chan eil fhios agam dè cho fada 's a tha mi eadar na Spioradan. Chan eil fhios agam mu dheidhinn rud sam bith. Tha mi mar leanabh. Chan eil sinn a' cùram. Bu toil leam a bhith mar leanabh. Hallo! Whoop! Hallo an seo!"

Chaidh a shàthadh ann an a ghabhail leis na h-eaglaisean a' bualadh a-mach na peals as treasa a chualas leis riamh. Clash, clang, bualadh; ding, dong, clag. Clag, dong, ding; bualadh, clang, clash! Ò, glòrmhor, glòrmhor!

A' ruith gu an uinneag, dh'fhosgail e i, agus chuir e a cheann a-mach. Chan fhaic fog no ceò; soilleir, geal, aoibhinn, brosnachail, fuar; fuar, a' pìobaireachd airson an fala a dannsadh; Solas òr na grèine; Speur na flathis; adhar ùr milis; clagan sona. Ò, glòrmhor! Glòrmhor!

"Dè an latha a th' ann an-diugh!" ghlaodh Scrooge, a' gairm gu h-ìosal gu gille ann an éidean Didòmhnaich, a dh'fhaodadh a bhith air a dhròn a dhèanamh gus coimhead mun cuairt air.

"EH?" thill eis an gille, le a h-uile cumas-iongantais aige.

"Dè an latha a th' ann an-diugh, a ghràidh?" thuirt Scrooge.

"An-diugh!" fhreagair an gille. "Carson, LÀ NOLLAIG!"

"'S e Là Nollaig a th' ann!" thuirt Scrooge ri a fhèin. "Cha do chaille mi e. Tha na Spioradan air a h-uile càil a dhèanamh ann an aon oidhche. 'S urrainn dhaibh aon idir a dhèanamh. Tha cinnteach. Tha gu cinnteach. Hallo, mo charaid snog!"

"Hallo!" fhreagair an gille.

"An eil fios agad air an Poulterer's, anns an t-sràid a tha aig an taobh, aig an oisean?" dh'fhaighnich Scrooge.

"Bu chòir dhomh an dòchas gun robh mi," fhreagair an gille.

"Balach tapaidh!" thuirt Scrooge. "Balach iognadhach! A bheil fios agad am fan iad air a reic an Tuirce Duais a bh' anns a' chrochadh an sin? Chan eil mi a' ciallachadh an Tuirce Duais beag: am fear mòr?"

"Dè, an fhear cho mòr ri mis'?" thill an gille.

"Deagh gille a tha seo!" thuirt Scrooge. " 'S e toileachadh a tha ann a bhith bruidhinn ris. Seadh, mo bhuachaille!"

"Tha e a' crochadh an sin a-nis," fhreagair an gille.

"A bheil e?" thuirt Scrooge. "Falbh agus ceannaich e"

"WalkER!" ghabh an gille a-mach.

"Chan eil, chan eil," thuirt Scrooge, "tha mi gu dìreach, Faigh is ceannaich e, agus abair riutha a thabhairt an seo, gum faod mi a h-uile càil a chur dhaibh far a bhios mi a' toirt dha. Thig air ais leis an duine, agus bheir mi ort shilling. Thig air ais còmhla ris ann an còig mionaid no nas lugha agus bheir mi ort leth coróin!"

Bha an gille air falbh mar bhuille. Feumadh gun robh làmh shocair aig duine sam bith a b' urrainn dha bhuille a thoirt dhi air leth cho luath.

"Cuiridh mi e gu taigh Bhob Cratchit!" fluich Scrooge, a' strìochdadh a làmhan, agus a' sgaoileadh le gàire. "Cha bhi fios aige cò tha a' cur. Tha e dà uair na mhòr na Tiny Tim. Cha do rinn Joe Miller riamh fealla-dhà cho mòr 'sa bithidh a' cur gu Bob!"

An làmh anns an robh e a' sgrìobhadh an seòladh, cha robh i seasmhach, ach sgrìobh e e, ann an dòigh, agus chaidh e sìos an staighreachan gus an doras sràide a fosgladh, deiseil airson teachdail duine an spàirneadaire. Nuair a bha e a' seasamh an sin, a' feitheamh a theachdail, thug an cnagaire sùil air.

"Bheir mi gràdh dha, a' fhad 's a tha mi beò!" ghlaodh Scrooge, a' streapadh leis a làimh e. "Chan fhaca mi dheth gu diochuimhneach roimhe, dè am fìor-innleachd a th' air a ghnùis! 'S e grèim iongantach a th' ann! Seo an Turcaid! Hallo! Whoop! Ciamar a tha sibh! Nollaig Chridheil!"

Bha e na Thurchaig! Cha b' urrainn dha riamh seasamh air a chasan, an t-eun sin. Bhiodh e 'ga briseadh 'am pìosan ann an mionaid, mar bhotannan de sheala-chìr.

"Carson, chan eil e comasach sin a thoirt gu Camden Town," thuirt Scrooge. "Feumaidh tu cab a ghabhail."

An gàire a thug e air seo, agus an gàire a phàigh e airson an Turcaidh, agus an gàire a phàigh e airson a' chab, agus an gàire a sheall e don ghille, bha iad uile ri a dhol seachad a-mhàin leis a' ghàire a rinn e nuair a shuidh e sìos às an deidh breatha san stòl aige a-rithist, agus ghàireich e gus an robh e a' caoineadh.

Cha robh gabhail biorachd furasta idir, oir bha a làmh a' crathadh gu mòr fhathast; agus tha gabhail biorachd a' feumachadh aire, fiù 's ged nach eil thu a' dannsa fhad 's a tha thu ris. Ach mur robh e air deireadh a shròin a ghearradh dheth, bhiodh e air pìos de phlèistar a chur thairis air, agus a bhith glan sàsaichte.

Chuir e fhèin ri aodach "uile ann an a bheus," agus mu dheireadh thall fhuair e a-mach dhan na sràidean. Bha na daoine roimhe a-nis a' tuirling mar a chunnaic e leis an Taibhse na Nollaig làithreach; agus a' coiseachd leis a làmhan air cùl, choimhead Scrooge air a h-uile duine le gàire toilichte. Cho math a choimhead e, ann an focal, gun duirt tri no ceithir dhaoine math-ghnàthach, "Madainn mhath, a thaigh! Nollaig Chridheil dhut!" Agus thubhairt Scrooge gu tric an dèidh sin, as a h-uile fuaim mhath-coiseachd a chuala e riamh, 's iad sin an fheadhainn as àill leis a chluasan.

Cha robh e air falbh fada, nuair a choinnich e ris an duine reamhar, a bha air coiseachd a-steach gu a chomhairle an latha roimhe, agus thuirt, "Scrooge agus Marley's, a bheil mi ceart?" Chuir e cridhe gu cridhe air smaoineachadh ciamar a bhiodh an seann duine seo a' coimhead air nuair a choinnich iad; ach bha e a' fios còrsa dìreach romhan, agus ghabh e e.

"Mo charaid dhìleas," thuirt Scrooge, a' luathachadh a bhruidhinn, agus a' gabhail an t-seann duine leis an dà làimh aige. "Ciamar a tha thu? Tha mi an dòchas gun do shoirbhich leat an-de. Bha e gu math còir leat. Nollaig chridheil dhut, a charaid!"

"Mr. Scrooge?"

"'Seadh," thuirt Scrooge. "Sin mo ainm, agus tha eagal orm nach bi e tlachdmhor dhuibh. Ceadaibh dhomh ur leisgeul a iarraidh. Agus an robh sibh cho math" an seo, sheall Scrooge ann a chluas.

"Mo thruagh leam!" ghlaodh an duine uasal, mar gum biodh anail aige air a ghabhail air falbh. "Mo ghràdhachd, Mr Scrooge, a bheil thu dà-rìreabh?"

"Ma 's e do thoil e," thuirt Scrooge. "Cha mhòr aon farthing as lugha, Tha mòran ìocaichean air ais ga ghabhail a-staigh ann, tha mi a' gealltainn dhut. An nì thu an t-urram sin dhomh?"

"Mo dhuine ghràdhach," thuirt an duine eile, a' crathadh làimhe leis. "Chan eil fhios agam dè a chanas ri leithid seo de mhunifi."

"Na abair rud sam bith, mas e do thoil e," fhreagair Scrooge. "Thig agus faic mi. An tig thu agus faic mi?"

"Dèanaidh mi!" ghlaodh an seann duine. Agus bha e soilleir gu robh e am beachd a dhèanamh.

"Tapadh leat," thuirt Scrooge. "Tha mi fada nar comain dhut, tha mi a' toirt taing dhut dà fhichead 's a deich uairean. Beannaich thu!"

Chaidh e gu eaglais, agus a' coisiche mun na sràidean, agus a' coimhead air na daoine a' brosnachadh an seo agus an sin, agus a' pògadh clann air an cinn, agus ag a' freagairt do dh'fhiadhaich, agus a' coimhead sìos do na cidsinichean aig taighean, agus suas gu na uinneagan, agus a' lorg gun robh gach rud comasach air an toirt toileachas dha. Cha robh e air a bhith a' aislinge gun d' fheumadh cuairt sam bith gum faodadh rud sam bith an toirt a leithid de shonas dha. San feasgar, thionndaidh e a cheuman ri taigh a nighinn-bhràthar.

Chaidh e seachad air an doras dusan uairean, mus robh an misneachd aige gus suas a dhol agus bualadh. Ach rinn e spurt, agus rinn e e:

"A bheil do mhaighstir aig an taigh, a m' eudail?" thuirt Scrooge ri an nighean. Nighean snog! Gu dearbh.

"Seadh, a mhaighstir"

"Càit a bheil e, mo ghràdh?" thuirt Scrooge.

"Tha e anns an seòmar-bìdh, a mhaighstir, còmhla ri a' bhan-thighearna, seallaidh mi dhuibh an staighre, ma's e do thoil e"

"Tapadh leat, tha e a' aithneachadh mi," thuirt Scrooge, le a làmh air a' ghlas seòmra-bìdh mu thràth. "Thèid mi a-staigh an seo, a m' eudail"

Thionndaidh e gu socair e, agus shàth e aodann aige a-staigh, mun doras. Bha iad a' coimhead air a' bhòrd (a bha air a sgaoileadh a-mach ann an òrdugh mòr); oir tha na tigh-seanairean òga seo an-còmhnaidh nerbanach air such cuideam, agus tha iadsan ag iarraidh fhaicinn gu bheil a h-uile càil ceart.

"Fred!" thuirt Scrooge.

Mo ghaol beò, ciamar a thòisich a nighinn-ceile! Bha Scrooge air dìochuimhneachadh, airson an mhionaide, mu dheidhinn i a' suidhe anns a' chùinne leis an stòl-cas, no cha do rinn e e, air cunntas sam bith.

"Carson a bheannaich mo anam!" ghlaodh Fred, "co às a thàinig sin?"

"'S mise, do uncail Scrooge, tha mi air tighinn airson dìnneir, An leig thu a-steach mi, Fred?"

Leig a-steach e! 'S e tròcair a bh' ann nach d' rinn e a gheàrradh air a ghlùn. Bha e aig an taigh a-mach a chòig mionaidean. Cha b' urrainn dha nas blàithe a bhith. Bha a nìonag a' coimhead dìreach mar an ceudna. Mar sin fhèin rinn Topper nuair a thàinig e. Mar sin fhèin rinn an piuthar reamhar nuair a thàinig i. Mar sin fhèin rinn a h-uile duine nuair a thàinig iad. Pàrtaidh iongantach, geamannan iongantach, aonachd iongantach, sonas iongantach!

Ach bha e tràth aig an oifis a-màireach. O, bha e tràth an sin. Ma b' urrainn dha a bhith an sin an toiseach, agus

Bob Cratchit a ghlacadh a' tighinn anmoch! Sin an rud a bha e air a chur air a chridhe.

Agus rinn e e; tha, rinn e! Bhuail an cloc naoi. Chan eil Bob. Còig mionaidean an deidh. Chan eil Bob. Bha e ochd mionaidean deug agus leth air dheireadh air a thìde. Shuidh Scrooge leis an doras aige fosgailte gu leòr, gus am faiceadh e a tighinn a-steach don Tank.

Bha a h-uachdaran dheth, mus d'fhosgail e an doras; a chòmhdach-cinn roimhe sin cuideachd. Bha e air a shuidhe air a stòl ann an diog; a' ruith leis a pheanas mar gum biodh e a' feuchainn ri naoi uairean a' chlò a ruigsinn.

"Hallo!" rùm Scrooge, ann an guth as àbhaist dhà, cho faisg 's a b' urrainn dha a dhramhdeanachadh. "Dè tha thu a' ciallachadh le bhith tighinn an-seo aig an àm seo den latha?"

"Tha mi duilich gu mòr, a mhaighstir," thuirt Bob. "Tha mi air dheireadh le m' uairean"

"A bheil thu?" ath-dhèan Scrooge. "Tha, tha mi a 'smaoineachadh gu bheil thu, Cuir an ceum seo a-mach, a dhuine, mas e do thoil e"

"'S e aon uair sa bhliadhna a-mhàin, a mhoirear," dh'iarr Bob, a' nochdadh bho an Tank. "Cha tachair e ris, bha mi a' dèanamh gu sònraichte subhach an-dè, a mhoirear"

"Nise, innseidh mi dhut an-dràsta, mo charaid," thuirt Scrooge, "Chan eil mi dol a sheasamh air an t-seòrsa rud seo tuilleadh. Agus mar sin," lean e orm, a' leum bho a stòl, agus a' toirt do Bob brot cho làidir anns an waistcoat gun do thuit e air ais a-steach don Tank a-rithist; "agus mar sin tha mi dol a dhìreadh do phàigheadh!"

Chuir Bob crith air, agus fhuair e beagan nas fhaisge air an riaghailtear. Bha smaoineachadh tiompanach aige air a bhith a' bualadh Scrooge sìos leis, a' cumail air, agus a' gairm airson na daoine anns a' chùirt airson cuideachadh agus còta-straight.

"Nollaig chridheil, Bob!" thuirt Scrooge, le dìoghras nach gabhadh a mhearachdadh, fhad 's a bha e a' bualadh air a dhruim. "Nollaig nas aoibhniche, Bob, a charaid mhath, na thug mi dhut o chionn iomadh bliadhna! Théid mi a dhìreadh do phàigh, agus feuchaidh mi cuideachadh do theaghlach a tha a' strì, agus bruidhnidh sinn mu d' ghnòthaichean feasgar an-diugh fhèin, thairis air cìr Nollaig de episcop a' tòstadh, Bob! Cum suas na teinean, agus ceannaich crogall guail eile mus puth thu puntoil eile, Bob Cratchit!"

Bha Scrooge nas fheàrr na a fhacal. Rinn e a h-uile càil, agus gu mòr nas motha; agus do Tiny Tim, nach do bhàsaich, bha e na athair dàrna. Thàinig e cho math na charaid, cho math na mhaighstir, agus cho math duine, mar a bha an t-seann bhaile mhath eòlach air, no baile beag eile, baile, no bùirgh, anns an t-seann t-saoghal mhath. Dh'èigh cuid de dhaoine leis an atharrachadh a chunnaic iad ann, ach dh'fhàg e iad a' gàireachdainn, agus cha robh e gu math a' sparradh orra; oir bha e gu leòr gu leòr a bhith a' tuigsinn nach tachair rud sam bith air an t-saoghal seo, airson math, aig a bheil cuid de dhaoine nach robh làn de gàireachdainn aig an toiseach; agus a' tuigsinn gu robh daoine mar seo dall co-dhiù, smaoinich e gur math gu leòr gum biodh iad a' cur creachan air an suilean ann an grìogagan, seach a' bhuthaich ann an cruthan nach robh cho tarraingeach. Gàire a chridhe fhèin: agus sin a bha gu leòr dha.

Cha robh e a' co-obrachadh tuilleadh le Spioradan, ach a' beò air Prionnsabail nan Lan-turra, gu bràth às a dheigh sin; agus bha e riamh air a ràdh mu dheidhinn, gun robh e eoil air mar a bhiodh Nollaig a chumail gu math, ma bha an eoòlas sin aig duine beò sam bith. Gum biodh sin fìor mu dhuinn, agus mu dhuinn uile! Agus mar sin, mar a thug Tiny Tim fa-near, Dia beannaich sinn, gach aon deugainn!

Printed in Great Britain
by Amazon